張小嫻

AMY CHEUNG

愛情王國

寧可一個人，也不將就

張小嫻 著

I'm Fine With Me

序／

沒有愛情的日子也可以是好日子

這些年，寫了很多散文，我已經不記得總共出版過多少本散文集了。每一本散文集都讓我重溫一遍當時的自己，我當時愛的、恨的、嚮往的、相信的、我的快樂、失望和淚水，一切一切，當我再讀一遍書裡的文章，往事重回心頭，歷歷如繪，那是某段時間的我；就像老照片，每一本書都是珍貴的回憶。

寫這篇序言之前，除了書裡輯錄的散文，我也重看了這幾年寫的微博，關於孤獨，我竟然寫了那麼多，我從來不知道我是一個內心那麼孤獨的人。那個一直相信愛情的我，原來也一直擁抱著孤獨，而且從小就習慣孤獨。

前幾天在一個讀者分享會上，主持人問我為什麼說「愛情會消逝，而孤獨不會」，愛情當然是會消逝的。你曾經義無反顧地愛著一個人，後來不是不愛了嗎？你曾經以為沒有了那個人你會活不下去，後來不是活得更好嗎？你曾經以為餘生再也不會這麼愛一個人，後來怎樣了？

對同一個人的愛情是會消逝的，但愛情在你一生之中是不會消逝的，你也不會想看到它消逝。相信愛情終究是幸福的。可是，孤獨並不幸福；它超越了幸福，它是一個人的圓滿，是一個人的開始，也是終結。它是每個人的歸鄉。

曾經因為害怕孤獨而去愛一個已經不愛你的人、去守住一段破碎的感情，卑微得認不出自己，以為只要被愛就不再孤獨，這是不是太傻了？當你屈就、當你卑微，那才是你最孤單的時刻。你所害怕的那個孤獨，不是孤獨，而是孤單；孤單是空蕩蕩的一個人到處漂浮，而孤獨是一個人安然的狀態。

愛情有時只是一個人孤獨的追尋。

你愛的那個人並不全然了解你，你也不一定了解他。誰又會完全了解另一個人？即使那個人是你所愛。人都有不被了解的那部分，也因此而孤獨，習慣了便好；習慣了，你甚至會引以為傲。孤獨可以是燦爛的，而將就卻是黯淡的。

是有那麼一個人，你也不知道為什麼，別的人你都不肯遷就，唯獨願意遷就他，你不覺得遷就他是委屈，他也甘心情願遷就你。可是，將就是另一回事，將就明明就是委屈。為什麼要委屈，是不是你害怕失去，害怕今後孤伶伶一個人？

屈就不是比孤獨可怕嗎？孤獨的時刻，你可以做自己，屈就的時候，你做的不是自己，而是對方想要你做的那個人。我大好一個人，為什麼要將就？就算我不好，我也不必將就。

將就是可悲的，不要把自己變成一個可悲的人好嗎？

將就太苦，當你認識孤獨，懂得跟孤獨共處，你便再也不肯將就。一個人就一個人吧。當你愛自己，你對愛情和對另一半也會挑剔些，你寧可一個人過日子，也不願意將就；你已經不害怕孤獨終老，終老也不一定孤獨。

即使有愛情，一天，當你老了，死亡終究會把你們分開。人生最漫長也最孤獨的守候，是對無常的守候，好的壞的都會消逝，都留不住。你不知道此刻牢牢抓在手裡的東西下一刻是不是還在你手裡，你不知道那個如此愛你的人是否會永遠愛你，你甚至不知道明天或者下輩子哪一個會先到來。繁花落盡，無常最苦，你知道這最苦的隨時會來臨，你知道它就在你身邊，在你眼前，在你指縫之間，然而，當它來的時候，你用雙手和雙腳也攔不住它；除了珍惜和守候，你什麼也做不了。

有些人，慢慢地，慢慢地，離開了你的生活；有些人，慢慢地，慢慢地，再無眷戀；有些人，慢慢地，慢慢地，只有往事，再無將來；有些人，慢慢地，慢慢地，終於捨得；有些人，慢慢地，慢慢地，讓你知道你終究是孤獨的。

當你看透了，孤獨其實沒那麼可怕。

人世間，三分孤獨，七分陪伴；三分自由，七分牽絆；三分痴情，七分清醒，如此便好。

好好享受這一生吧，去愛、去恨、去追尋你渴望的東西，好好努力，以準備孤獨終老的決心去追逐愛情，不一定要轟烈，可以細水長流；禁得起平淡，但決不將就。別為明天操碎了心，活好今天吧；別老是想著找個對的人，只有當你對了，那個對的人才會到來。別害怕孤獨終老，千帆過盡，每個人都是自己最後的歸宿。

我們並非渴望和嚮往單身，找到最愛共度餘生是多麼美好的事兒，我們渴望和嚮往的是過好這一生。過好這一生有很多方式，歸宿不一定是結婚，不一定是某個人。

當你不害怕孤獨，你才更有底氣去要求最好的愛情。那個對的人還沒出現，沒關係，我一個人先幸福著，不為趕上最後一班列車而將就。

沒有愛情的日子也可以是好日子，人只要學會獨處便好。

在這片星球上，我們尋覓，我們等待，我們微笑哭泣，醉後跌倒，只為了遇見幸福。愛會消逝，卻也會重來，我對愛情永遠悲觀，卻在悲觀之中懷抱著盼望和期待。

離合不就是聚散嗎？不會走散的，只有自己；沒有散聚的，也只有自己。

你曾經以為這是分手，後來，你明白這是聚散。

明白了聚散，那就懷著一份悲心，擁有的時候好好去愛，好好去珍惜吧；沒有的時候，就跟自己作伴，好好去愛自己，一個人唯一的靈魂伴侶終究是自己。

最深的愛、最痛的恨、最甜蜜的希望、最蒼涼的失望，從來不是對別人，而是自己對自己的。我們與之周旋一生的，原來是自己。可怕的不是孤獨，而是因為害怕寂寞而去愛一個不愛你的人、去愛一個配不上你的人。我寧可等待到老。

我想成為那個一生相信愛情的女人，此生未終，唯願至死不渝。

張小嫻

二〇二三年十一月　香港

目次／

Chapter 1
愛自己或愛別人，都是一種能力

Chapter 2
因為愛你，我活得更好

Chapter 3
別為不合適的愛情留下

Chapter 4 曾有一個人，如此愛我

Chapter 5
假如歲月教會我們一些重要的事情

後來的一天，我們都變了，
我可以談戀愛，
但是只要沒有壓力的戀愛，
只要能夠讓我繼續做自己的戀愛。

我們都渴望長大，渴望像媽媽一樣穿上高跟鞋，
許多事情可以自己作主，甚至可以離家自住。
然而，長大也意味著今後得要
獨自承受世間一切風浪和生命中的至暗時刻。

Chapter 1

愛自己或愛別人，都是一種能力

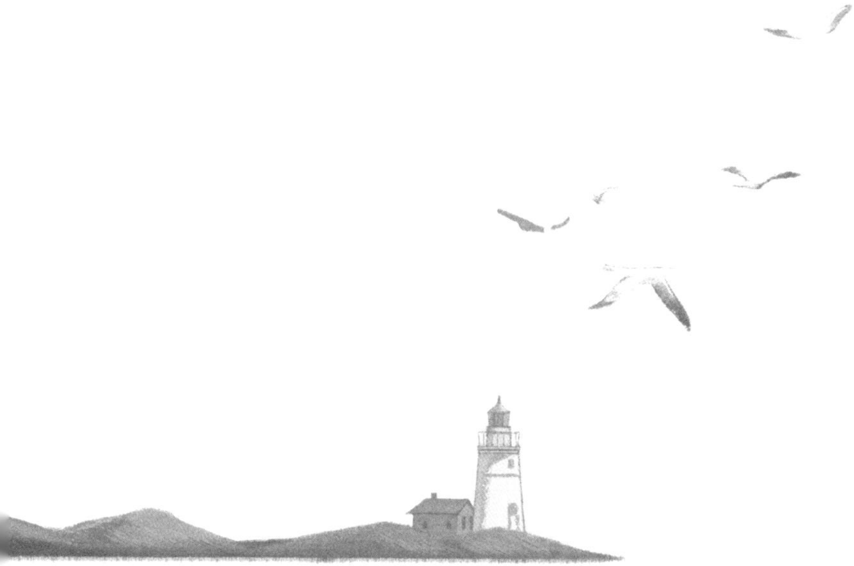

接受自己，才是真的愛自己

當我離開這個世界的那天，
唯願我真的認識自己。

年少的時候，我們一次又一次問身邊的好朋友：「你覺得我這個人怎樣？」他也會問我同樣的問題，那個年紀，我們好像只能從別人口中認識自己。若干年後，回首無數個夜晚跟好朋友促膝聊天時問的這個傻問題，你會禁不住笑話自己，可是，當你年少，你有你的無知。

光是從朋友那裡去認識自己顯然是不足夠的，我們也想要從星座和命理去了解自己是個怎樣的人，我們研究星座，甚至找人算命。那些年輕的歲月裡，我們拚命想知道關於自己的一切，卻從未真正認識自己。星座告訴你，你是個怎樣的人，可是，星座可信嗎？你認識許多和你同一個星座的人，性格卻跟你完全不一樣，那該怎麼解釋？

我認識一個在報紙上每天寫星座運勢的人，她的星座專欄很受歡迎，有一天，她笑著告訴我，她們這些寫星座的人也跟我們寫小說的一樣，都是自己想像出來的，都是虛構的。可笑的是，無論她寫什麼，也有人相信。

當你沒那麼年輕了，你已經不需要從別人口中去認識自己，你覺得星座很有趣，因為這件事本身並不迷信，是朋友和戀人之間很好的聊天的話題。這時候，你已經不會去算命了，你寧可相信自己。

比起年少的時候，你現在已經很了解自己。假如你還不了解，你不是太笨就是不想面對真實的自己。「我是一個怎樣的人？」你心裡不是很清楚嗎？你知道你不完美。曾經的容貌焦慮已經過去了，你得接受自己原本的樣子，這個原本的樣子其實也挺好的。然後有一天，年齡焦慮也過去了。我的一個朋友二十歲的時候就期待著四十歲，想知道四十歲的自己會怎樣。當然，她早已經如願了。十八歲的時候，我們覺得三十歲很老；終於到了三十歲，跟身邊的人比較，反而覺得自己很年輕。再過十年或者二十年，你也足夠年老去了解和認識自己。

認識自己，是多麼漫長的路？否則，刻在希臘古城德爾菲的阿波羅神殿上的兩句箴言：「人啊，認識你自己。」也不會傳誦千古。

只有認識自己，才可以跟自己和解，才可以接受自己、原諒自己，才可以把曾經的自卑放下，重新去愛這個不完美的自己。跟自己和解，也是跟過去的自己和解，只有放下過去種種懊悔，才可以過好當下的日子。人最大的失望不是對任何人，而是對自己的失望，可是，假如你已經盡力，也不應該失望了。

認識自己，你才能夠好好去用自己。一生很短，容貌焦慮和年齡焦慮終究會過去，後來的一天，你唯一要面對的是離別和死亡的焦慮。

當我離開這個世界的那天，唯願我真的認識自己，也認識今生的這副皮囊，她陪伴我終老，如許深情，我怎麼可能不了解她？她雖不完美，卻是我。

寫在後來

接受自己，才是真的愛自己。

跟自己和解，也就是跟自我和解，那個一直困擾著你的自我、那個時而自戀、時而自卑的自我、那個既自大又沒自信的自我。

跟自己和解，也等於是跟過去的自己和解。對的、錯的，所有的愚蠢與無知，都是經歷，放下就是和解。

跟自己和解，就是不再執著，也不再受執著的苦。

孤獨，習慣了就好

曾經以為孤獨是可怕的，
後來才發現，習慣了就好。

曾經以為只要找到生命中的另一半就不會孤獨，原來，即使有愛著的人，還是會孤獨的。

曾經以為有個人能夠理解我的孤獨，原來，陪伴並不等於理解，如同我也不理解他人的孤獨。

曾經以為孤獨是因為愛著一個不愛我的人，原來，即使他是愛我的，我終究會有孤獨的時刻。

曾經以為愛情可以治癒一顆孤獨的心，後來才知道，愛情會消逝，而孤獨不會。

曾經以為婚後不會孤獨，後來才知道，婚姻也許讓人更孤獨。

曾經以為擁有自己的家庭就不會孤獨，後來才知道，每個人，包括自己，終會有離開的一天。

曾經以為孤獨是因為我不懂得跟別人交往、我害怕被拒絕、我太害羞，後來才發現，那些身邊總是圍繞著一幫朋友的人一旦靜下來比我更孤獨。

曾經以為不停去找朋友、總是把時間表排得滿滿的人是不孤獨的，後來才知道，他們只是害怕孤獨。

曾經以為孤獨是因為太聰明，後來才發現，自己並沒有自己以為的那麼聰明。

曾經以為孤獨是因為只有自己一個人，後來才發現，兩個人也會孤獨，那是兩人份的孤獨。

曾經以為孤獨是可怕的，後來才發現，習慣了就好。

曾經以為孤獨是高貴的，可是，心裡有時並不渴望這樣的高貴，只是沒得選擇而已。

而其實，生而孤獨，你不需要抱歉。

飛鳥和魚兒不會感到孤獨，狼不會，北極熊也不會，孤獨只屬於人類，那為什麼要抱歉呢？人有感情才會覺得孤獨，想要陪伴才會孤獨，想要被理解才會孤獨，想要被愛才會孤獨，想要一個懷抱才會孤獨，想要找個人說話才會孤獨，想要有個人分享自己的一切才會孤獨。

假如一個人願意靜靜地待在自己的房間裡，不打擾別人，也不讓別人打擾，他便不會孤獨。可這世上又有誰做得到？

無論你擁有什麼，無論你有多少愛在身邊、在手上、在心裡，你都明白，於此世間，我們終究只有自己，是這份孤獨如影隨形，揮之不去。

自選式單身

單身不是自殺，不是放棄自己，
只是不為結婚而結婚，也不為生孩子而結婚。

多年以前，城中一位四十歲出頭、又漂亮又能幹的知名女人每次被記者問到為什麼選擇單身，她總是輕描淡寫地回答說：「這不是我的選擇，而是偶然。」那就是說，她不是主動單身，而是被動。從年輕時開始，她從來不缺追求她的男人，只是沒有一個男人值得她進入婚姻或是可以陪她終老。而今，她早已風霜滿臉，單身、自由、無牽無掛。雖是偶然，但是，當你過得好，你偶然的單身生活也會過得好。

我認識的另一個女子，在時尚界工作，家境優渥，人聰穎又有氣質，是個戀愛腦，第一次結婚，不理家人反對，嫁給一個現代農夫，她洗盡鉛華，跟著他歸隱田園，每天下田種菜，皮膚曬得黑黑的，從前那些美麗衣裳和性感的高跟鞋統統扔掉。跟現代農夫的婚姻沒能走到最後，過幾年，她嫁給了一個瑜伽教練。我以為她這一回終於會安定下來，沒想到，這個男人終究不是陪她度餘生的人。幾年前，她第三次結婚，嫁給一個比她年輕很多的男生。

有的人是那麼相信婚姻，甚至屢敗屢戰，一次又一次滿懷希望地撲向婚姻，結了再算；有的人就是不相信婚姻，要等到那個對的人出現，這個人會改變她對婚姻的想法。

有的人結婚是因為愛情，有的人是因為寂寞，有的人結婚是因為怕老，有的人結婚是為了更好的生活，有的人是為了想要一個家庭、想要找到一個人和自己一起直到垂暮；而其實，結不結婚，你也會變老，時光不曾厚待已婚的人。

所有單身到頭來都是自選的，把自己嫁出去沒那麼難，只要你肯嫁給沒那麼喜歡的人。當然，孤獨終老也沒你想像的那麼容易和浪漫。

結不結婚，人生都會有無數孤獨的時光，當你單身久了，一個人過得很好，而那個人並沒那麼好，你會想：「我何苦委屈自己？」單身並非不戀愛，只是還沒有結婚的打算。你唯一需要考慮的，是單身到老抑或單身到一個年紀，要不要給自己畫一條死線？這條線是畫在三十五歲還是四十歲？四十歲結的婚，是不是走到最後的機會大一些？也許是的，這個時候，你已經足夠成熟去知道自己需要什麼，也足夠成熟去愛，你並沒有降低要求，相反，你的要求更高一些，但你也更懂得去欣賞對方，去包容別人的不完美，不會想著去改變對方，而是接受你愛的人就是這樣，他雖然有時可恨，卻也比誰都可愛。

你的單身不是被動，而是自選式單身。你選擇了這個模式，隨時可以轉換到另一個模式。這世界早已經不同了，喜歡結婚的就去結婚吧，不喜歡的就等著吧。假如你以為婚後不會孤獨和寂寞，那是你不了解人生。自選式單身不是自殺式單身，單身不是自殺，不是放棄自己，只是不為結婚而結婚，也不為生孩子而結婚。

楊紫瓊曾經嫁給城中貴公子，沒幾年就離了，今天的她，憑著自己的努力成為國際巨星，那位貴公子早已另娶，新太太很享受豪門媳婦相夫教子的生活。楊紫瓊身邊一直是那位法拉利總裁男朋友，終於你明白，她為什麼選擇這個男人，他給她自由，讓她飛翔，讓她成為更好的自己，這是她想要的。只要你精采，你的單身就精采。我們並非渴望和嚮往單身，找到最愛共度餘生是多麼美好的事兒，我們渴望和嚮往的是過好這一生。過好這一生有很多方式，就像歸宿不一定是嫁給某個人。

一段美滿婚姻也許經歷過無數失望、沮喪和懊悔的時刻，快樂單身也經過無數孤寂和動搖的時刻。婚姻是兩個人的修行，當緣分撲面而來，也是你結束單身修行的時候。

自選式單身是在不能確定今後我只愛你一人，也不能確定兩個人一起會幸福到老之前，我一個人先幸福著。

年輕男孩現在是不是都厭煩了愛情？

你寧可一個人過日子，也不願意將就；
你已經不害怕孤獨終老，只害怕沒錢終老。

親戚的兒子聰明、活潑、孝順，長得也好看，大學畢業之後做著自己喜歡的工作，平日興趣很多，喜歡跳舞、喜歡旅行、喜歡運動。這樣的男孩提起戀愛卻搖著頭說：「沒想法，也沒想要找女朋友，太麻煩了。」

他不是我認識的唯一一個在這個最美好的年紀不想戀愛的男孩子，理由幾乎都差不多，不是找不到女朋友，而是不想談戀愛，不認為愛情是必需品。

這些年輕的男孩是不是都厭煩了愛情？

假如我是他們，我可能也不願意去找女朋友。他們現在過得好好的，為什麼要那麼笨被愛情束縛？這些男孩都是獨生子，從小在父母的掌心裡長大，大學時會選自己喜歡的科目，而不是為了未來的生計選自己不太喜歡的科目。畢業後，他們繼續住在父母的房子裡，每天吃媽媽做的菜，每次一家子去旅行是爸爸買單。不談戀愛，既不用照顧長不大的女孩，也沒有未來要努力賺錢和女朋友一起生活或者結婚的壓力。

一個男孩告訴我他的故事，他本來很喜歡一個女孩子，可是，兩個人交往沒多久，女孩已經打聽他現在住的地方是自己買的還是租的，有那麼一刻，他告訴自己，他應該為這個女孩努力，然而，很快他就覺得沒必要了，他對她的好感已經消失。其實他買得起房子，可他覺得自己愛不起這個女孩。他不怪她，女孩子也許都缺乏安全感，但他從那時開始就對愛情淡然了很多。

可能有很多可以聊天、可以一起去玩的女性朋友，但不談戀愛，這些男孩過著這樣無拘無束的生活，用不著照顧女朋友，吃完飯用不著送女朋友回家，用不著陪女朋友見她的朋友和家人，用不著遷就別人，也不會有一個女孩時不時哭著抱怨你對她不夠好，男孩只要過自己喜歡的生活便是，這多幸福啊。他們只想盡量延長這段幸福的時光，盡量享受這份自由，因為誰也不能保證會不會有一天他會遇到一個讓他心動的女孩，到時候，他會願意為她捨棄這份自由和幸福，甘之如飴戴上一把愛情的枷鎖。

現在的男孩普遍厭煩了愛情是女孩的錯嗎？不是的，只是大家的想法越來越不一樣。當每個女孩都高呼著愛自己，男女關係也漸漸改變。愛自己當然沒有錯，但是，當你愛自己，你對愛情和對另一半也會挑剔些，你寧可一個人過日子，也不願意將就；你已經不害怕孤獨終老，只害怕沒錢終老。所有不夠好的、長不大的、總是讓你失望的男孩，你會叫他滾遠點。男孩早就明白了，所以他們不要戀愛，他們心裡想：「我不來就不用滾。」

寫在後來

沒有愛情也能活，如此清心寡慾的境界是多少人嚮往的境界？後來的一天，我們都變了，我可以談戀愛，但是只要沒有壓力的戀愛，只要能夠讓我繼續做自己的戀愛。

漸漸明白，無論愛自己還是愛別人，都是一種能力。
當我們厭煩了愛情，到底是幸福還是不幸？

女孩子現在都不需要愛情了嗎？

女孩們早已發現，痴心是會幻滅的；
痴情若執迷不悟，便是對自己的辜負。

寫了一篇〈年輕男孩現在是不是都厭煩了愛情？〉，結果，許多女孩子留言抗議，說她們也同樣厭煩了愛情。是的，愛一個人，多累啊。她們說，愛自己倒是容易得多。我並不同意愛自己比起愛別人容易，愛自己不是自戀和自私，更不是不斷買東西給自己，那樣太簡單了。有的人，走過千山萬水，犯了無數的錯，流了不少眼淚，直到傷痕累累，才終於懂得愛自己，也終於知道怎樣去愛自己。

生命中總有許多時候，你一點都不愛這個自己，你恨她、恨她不是你想要的樣子、恨她沒有過上你期待的生活、恨她不長進、恨她竟然愛一個不值得愛的男人、恨她離不開、恨她不幸福，也恨她不夠聰明。愛自己是多麼漫長的路，有時候，愛別人倒是容易多了，你可以有一天不再愛那個人，此生跟他不相往來，卻無法放下自己。

只要隨時可以放手，愛別人壓根兒沒那麼難；可是，愛別人越來越累了。我曾經問某個人：「要怎樣遷就別人才是？」他看了看我，揚揚手說：「算了吧，你不會懂的。」那麼多年了，我每次想起他這句話也禁不住笑話自己。他朋友很多，每個人都喜歡他，因為他肯為別人付出。我很想向他學習，隨便問一句，卻被他取笑。

是的，我從來不懂怎樣去遷就別人。曾經有個人對我說：「你都不理我。」我聽著有些難過，我哪裡有不理人啊，我可是個內心溫柔和敏感的人，我一直覺得，被我愛著的人是幸福的。原來，這是我的一廂情願，是我太自我了。

我想被愛，愛人太累，我們不都是這樣嗎？這麼多年來，我只曾認識一個女孩愛別人勝過愛自己，她覺得照顧別人是比較幸福的。她照顧每一個她喜歡的男人，被她愛著的男人從來不需要做些什麼去哄她，他們只要坐在那裡被她愛著便是。然而，這樣的她，沒有一段戀情是長久的。

愛一個人，就是對他有責任。愛是陪伴、是理解、是彼此甘心情願的遷就、是不斷的發掘和創造、是堅持、是意志的考驗、是包容、是承諾，這裡每一樣都不容易。然而，時代不一樣了，從前很容易做到和認為應該這麼做的事，今天需要加倍努力，也覺得不一定要這樣做，年輕女孩也有自己的夢想和事業，不見得要把自己全盤交給愛情。愛一個人，當然是快樂的，卻也是羈絆。兩個人一起之後，你不能只為自己想，你不能自私；可是，你既不想當媽寶男的另一個媽媽，也不想當直男癌身邊的小女人。

你早就厭倦了失戀，失戀多累啊，真的不想重新再愛一個人，然後又把自己放到早晚會失戀的路上；可是，愛上一個人就意味著會有失戀的可能。

愛一個人是不自由的，但是從前你願意用自由去換取許多和他一起的幸福時光，你也願意用眼淚去換取一段明知道沒有結果的愛情。今天，我們既想要幸福和愛，也想要自由，卻不想再哭泣和傷心。從前，痴情是美好的，今天，痴情只會在電影和小說裡出現，在現實中幾乎已經沒有。女孩們早已發現，痴心是會幻滅的；痴情若執迷不悟，便是對自己的辜負。

寫在後來

當愛情不再是必需品，女人也有更多的自由去選擇一個讓她覺得自由和自在的男人。

我們並非厭煩了愛情，我們只是厭煩了平凡的愛情，卻不知道所有愛情終歸平凡，不平凡的是兩個人的身分。

沒有愛情的日子也可以是好日子，人只要學會獨處便不會孤單。

你為什麼不想生孩子？

那就各自去擁抱自己嚮往的人生吧，
別說誰是完整的誰又不是完整的，也別說誰有遺憾誰沒有。

日本上月公布的人口數據顯示，日本去年的新生兒數目跌至不足八十萬的歷史新低，死亡人口大約一百五十八萬，全國人口由二〇〇八年的一．二八億降至一．二四億，而且下降速度正在加快。日本首相的顧問說，日本人口不是逐步下降，而是直線下降，若繼續下去，這個國家將會消失。根據首相顧問的這個推斷，印度會不會是地球上最後消失的國家？這個國家去年的生育率幾乎是全球最高的。

我許多年前去過一次孟買，那天到達機場的時候已是傍晚，坐車從機場到旅店的路上，昏暗的馬路邊黑壓壓密密麻麻一群一群的小乞丐蹲在或是蜷縮在那兒，就像成千上萬的小蒼蠅聚在一塊似的，一路上幾乎看不到這些蒼蠅群的盡頭。這些孩子們衣衫襤褸，全都是光著腳的，卻不是蒼蠅，沒有一雙可以讓他們高飛的翅膀。我永遠忘不了這一幕。我們終於悲傷地明白，不是貧窮讓人們少生孩子，而是富裕。

當女人普遍接受更多的教育、擁有事業和財富、更獨立和擁有更高的社會地位，生孩子的意欲也會隨之下降。我中學的一個學姊在家裡排行第九，上面有八個姊姊。她的媽媽一直想追個兒子，直到第九個女兒出生，這位大半輩子都在生孩子和帶孩子的媽媽終於放棄，她認命了，她也太累了。我媽媽的一個好朋友第一段婚姻沒有孩子，再婚之後很想要孩子卻一直沒有懷上，她聽說很多人領養一個孩子之後都自然懷孕，生下自己的孩子，於是她也去領養了一個小女孩，不久之後，她果然懷上一個兒子，然後又一個女兒。可是，這段婚姻比第一段婚姻更不幸福，終歸把她送上了絕路，遺下三個可憐的孩子。

那個年代的女人，不生孩子好像就不算是個女人，今天的我們是多麼幸運。我認識一個三十幾歲的女孩子，生了三個兒子，一直想要一個女兒，終於給她追到了。關鍵是她和先生兩個都是孩子王，都很喜歡小孩子，他們也養得起。

總會有人喜歡生孩子，也有人不想生孩子，假如這個世界因為有些女人不想生孩子而滅亡，為什麼要怪罪她們？

不想生孩子的理由大家都明白，單身的人越來越多，要不就是晚婚，想要孩子的時候已經是大齡，等孩子長大自己也老了，那不如不要。然而，更多的女人想要自由，想要追尋自己的夢想。有些男人和女人根本還未長大，有些女人擔心生了孩子之後失去所謂的「議價能力」。我的朋友S曾經考慮找代孕，已經有兩個孩子而且很喜歡小孩子的她，工作太忙了，她認為女人懷胎十月的這段時間整個人是處於弱勢的，她不想再經歷一次那段日子。另一個朋友K在醫院生完孩子的第二天起來照鏡，看見自己的肚子像個鬆垮垮的、剛被掏空的布袋的那一刻，她忍不住嚎啕大哭。

總會有人說沒生過孩子的女人是不完整的，可孩子不是生下來就會自己長大的，他們也不會自己找學校讀書，現在的孩子甚至認為父母理應照顧他們一輩子。生孩子的成本越來越高，只有真正喜歡的才會不計成本去做。就像單身或結婚，喜歡單身的可以繼續單身，一個人也可以過得很好，兩個人一起也不見得一定要結婚，那些喜歡結婚的就去結婚吧。有的人想到一百個不生孩子的理由，有的人想到一百個生孩子的理由，那就各自去擁抱自己嚮往的人生吧，別說誰是完整的誰又不是完整的，也別說誰有遺憾誰沒有，無論有沒有孩子，人生都是有遺憾的。

女人一生中的五個巔峰時刻

每個女人的一生中至少也有五個巔峰時刻，
在你餘生的記憶中迴盪，你曾否好好珍惜？

有誰可以說自己的人生無憾？遺憾本來就是人生的一部分，我們可以做的，只是減少和接受遺憾。長大之後，生命中所有的快樂時刻不是也附帶著一些遺憾嗎？我的詩人朋友在十六歲那年拿到新詩獎，領獎的那個夜晚，他站在臺上，臺下坐滿觀眾，觀眾席上，有他的前女友和現任女友，也有他的宿敵。拿著獎盃的那個勝利時刻，他臉帶微笑，內心卻說不出的感傷，他只想躲起來，只想盡快離開舞臺，甚至離開人間。

詩人的腦袋確實有點古怪，當我回想我人生的某些巔峰時刻，我可從沒想過逃跑；這些美好的時光降臨時，我都跑上去迎接它、擁抱它。每個女人的一生中至少也有五個巔峰時刻，在你餘生的記憶中迴盪，你曾否好好珍惜？

一、長大

女人什麼時候才算長大？是第一次來月經？是初夜？是拿到成人身分證？有些女人一輩子也不肯長大。我覺得自己長大是有一天有個人喊我「張小姐」，在此之前，從來沒有人這樣稱呼我。那一刻，我覺得我是個大人了，那時我到底幾歲，我倒是想不起來了。

我們都渴望長大，渴望像媽媽一樣穿上高跟鞋，可以穿得美美的和喜歡的男生約會，許多事情可以自己作主，甚至可以離家自住。然而，長大也意味著今後得要獨自承受世間一切風浪和生命中的至暗時刻；你可以哭，但是，哭的時候再也不可以喊爸媽了。

二、初戀

我的一個朋友在初戀中受傷至深，後來再提起這件事，她說，她並不是很愛這個男人，可這是當時唯一追求她的男人，於是，她順手把他撿起來。明明不是很愛，當他不愛她了，她為什麼那麼痛苦？為什麼放不了手？她在家裡排行中間，有哥哥和弟弟妹妹，她是最不受關注的那個孩子，也因此那麼渴望戀愛。當他首先說分手，她的不甘遠遠超過了她的悲傷。

不是每個女人的初戀也是那麼不堪回首，有些初戀，是女人一生中最單純的時刻。即使這段初戀走不到最後，第一次被一個男生喜歡和第一次愛上一個男生的那個瞬間也是女人一生中的巔峰時刻。

三、你愛的人也愛你

單戀和暗戀也是苦的，唯有雙向的戀愛幸福。你愛的那個人也愛你，那是一個女人一生中的巔峰時刻。有的人並不是跟最愛的人走到最後，有的人並不是所愛的人的最愛。一天，當你走過生命中一段不短的路，這一刻，和你牽手的人是你愛也愛你的，請你用由衷的微笑去擁抱這個美好的時刻。

四、做到自己喜歡的事而又成功

愛情或婚姻只是人生的一部分。這一生為何而來？短短一生，你有沒有成為最好的自己？可以做自己喜歡的事也有做這事的天分和能力、擁有自己的事業和夢想，那是一個女人的巔峰時刻，只有這份成功代表的是你自己。

五、自我完成

人大了或者老了，是不是會變好、會變聰明、會有智慧？不是的，有的人越老越笨，有的人無論經歷過多少挫敗和痛苦也沒智慧。我們懂得欣賞男人的智慧卻不知道自己什麼時候有智慧，你愛的那個男人的智慧是他自己的，他可以照亮你，卻唯有你自己得到的智慧才是屬於你的，會照亮你的臉龐，也明亮你的一雙眼睛。當你有智慧，那就是你一生中的巔峰時刻。

做到這十件事，成為更好的你

願我足夠年老去接受人生的無常、接受失望、接受聚散離合，也永遠都還年輕去相信愛情、相信希望、相信承諾。

我是個不怎麼喜歡許願的人，並不是沒有願望，而是我相信許願只是個開始，不為願望努力的話，又憑什麼認為所許的願望會成真？你願望世界和平，那你至少應該從自己做起，今後對別人和善一些。假如你的願望是世上再也沒有病痛，那你得要照顧好自己和身邊的人。與其許願，不如行動。

希望今年過得比去年好，那就開始行動吧。只要做到這十件事，新的一年，你會成為更好的你。

一、治好你的拖延症

拖延，有時是因為懶惰，有時是因為恐懼，有時是因為不想面對，無論你過去為了什麼而習慣拖延，今年開始是不是可以稍微改善一下？每次想拖延時就給自己一個巴掌，要做的事現在就去做。面對現實並沒有你想像的那麼可怕；有些事情也沒有你以為的那麼困難。一旦不再拖延，也不再逃避，你會活得自在些，你也可以抬起頭做人。

二、好好理財

我是個不擅理財的人，我對金錢和數字完全沒有概念，別人一跟我談起數字，我就禁不住打呵欠。我買衣服常常看錯價錢，到付錢的時候又不好意思不買。別人找我做事，我不好意思談錢，總覺得開口談錢有點尷尬，甚至很俗氣。我爸爸就是這樣的人，我像他，這不是好事。假如我很早學會理財，今天我也可以更好地運用我的財富。

會理財有什麼不好啊？尤其是這個年代，女人要有自己的錢，有錢了，也就不需要依靠別人。財務自由，心靈也就自由些，可以拒絕，可以慷慨，可以擁有尊嚴，可以做自己喜歡的事。

三、減欲

人的欲望無窮無盡。去年明明花大錢買了一件自認為可以穿一輩子的大衣，今年又看到一件中意的很想去擁有。每個女人都買過許多「永恆」的東西，不久之後卻把這些「永恆」擱在一邊。後來，我們不再追求「永恆」，我們在網上不停買一些雖然短暫卻漂亮又划算的東西，到頭來，無數的「短暫」比「永恆」更貴。

減欲也是理財，並不是從今以後不再買任何東西，而是學習減少物欲，好好去使用你已經擁有的東西。

四、好好鍛鍊

選一樣你喜歡的運動，好好鍛鍊身體。即使只是每天走路八千步，也是很好的運動。今天不流汗，明天的你會流淚。

五、做最真誠的自己

說謊多累啊！做個坦誠的人並沒有你想像的那麼難。當你能夠真誠面對自己，你也能夠活得有底氣。從你決定不說謊的那一刻開始，你的人生會完全不一樣。

六、做一個使人快樂的人

學習去欣賞、讚美和鼓勵別人，別總是挑別人的毛病，別總是首先看到別人的不好，不要把負能量送出去，不要去傷害別人。當你使人痛苦，你也會痛苦；

當你使人快樂，你也會快樂。無緣大慈，同體大悲，當你明白每個人都有快樂的權利，你也知道你無權去剝奪別人的快樂。

七、原諒別人

新的一年，選擇去原諒一個人。無論你之前為什麼生他的氣、為什麼恨他，今年開始，原諒他吧；原諒了，才可以放下。這個人，也可以是你自己。

八、珍惜自己

無論你有多好，無論你付出多少，總會有不希罕和不珍惜你的人，與其希望別人珍惜你，不如好好珍惜自己，好好去用自己，好好去栽培自己，不要把光陰浪費在那些不值得的人身上。

九、好好學習

今年，選一樣東西，什麼都好，用心去學。學習也是一種休息。

十、你可以不優秀，盡力就是

請相信，每一次盡力之後，下一次，你會做得更好。

寫在後來

新年伊始，還是許個願吧。願我足夠年老去接受人生的無常、接受失望、接受聚散離合，也永遠都還年輕去相信愛情、相信希望、相信承諾。

天涯到處是芳草，
真的沒必要跟自己過不去。
你得不到的那個人的好，
有一大部分是你一廂情願想像出來的，
一旦得到了，也許會失望。

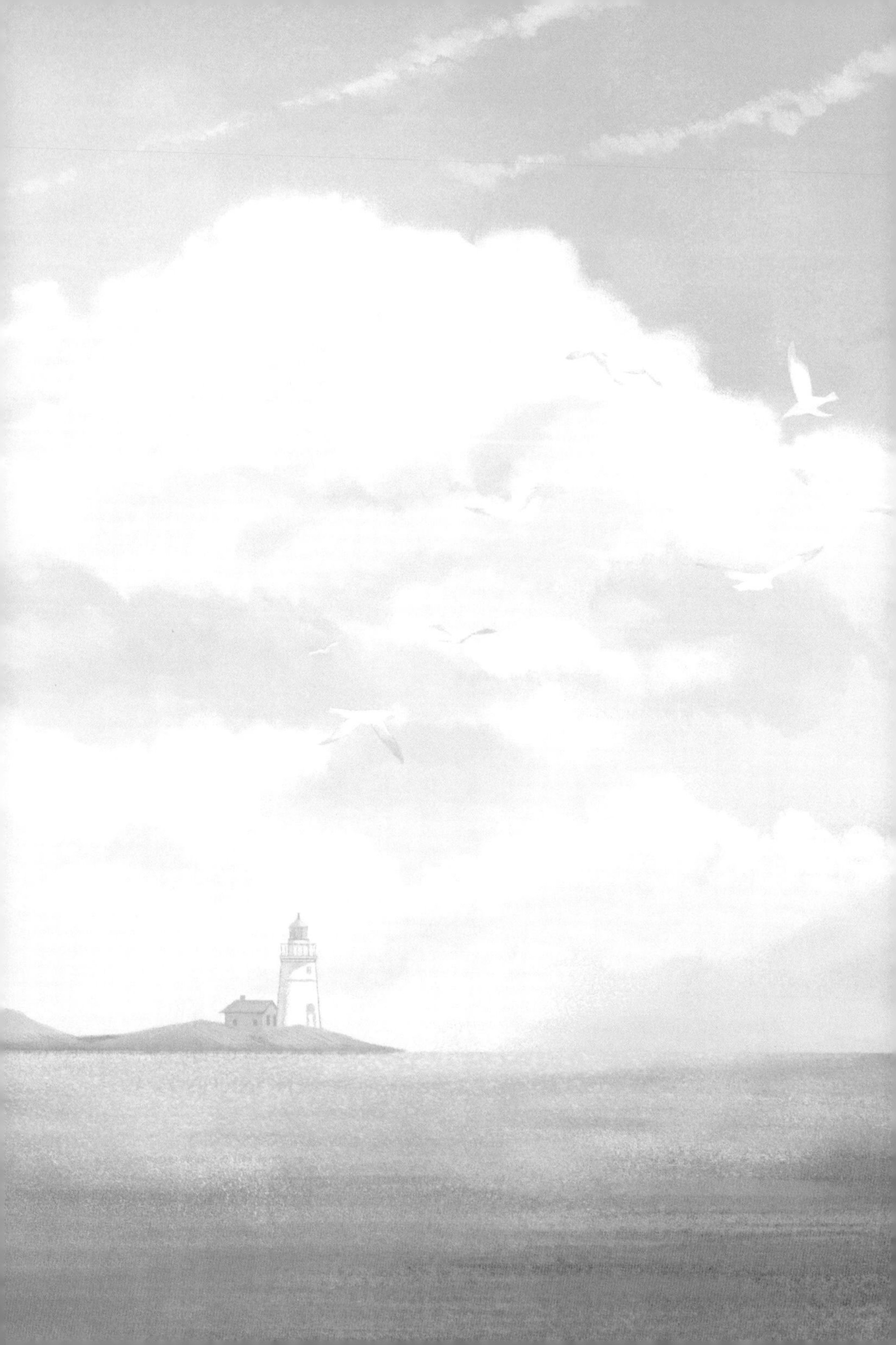

有哪一段美好的愛情不需要一百分的投入？
失去了，長歌當哭，擦乾眼淚，
下一次，還是會奮勇地奔向那一方幸福的天地，
儘管你知道它也許會有荒蕪的一天。

{Chapter 2}

因為愛你，
我活得更好

今天的你，明日的他

即使後來各自天涯，相忘於江湖，
也曾是當初最好的相遇和選擇。

男人看一個女人，是看她的現在，再美的女人也是會變老的，想知道她將來會變成什麼樣子，不必猜想，只要看看她媽媽現在是什麼樣子就知道了。女人看男人，是看他的現在，也看他的將來。現在沒那麼喜歡他，他將來出人頭地又跟你有什麼關係？你並不會因此變得愛他。

張家輝的一個電視廣告裡有句名言，大意是曾經有個人跟他說：「你現在沒有，但你將來會有。」文案的這句話似乎是為他量身訂造，關詠荷當年在電視臺比他紅得多，她每一部劇都是女主角，他是男配角，事業並不如意，世俗的眼光認為他配不起關詠荷，但是，女的沒介意。李安在拍《飲食男女》之前失業了六年，太太上班養家，李安每天負責買菜、做飯、帶孩子。李安和張家輝是幸運的，他們的太太何嘗不是幸運？有的男人在飛黃騰達之後馬上換了身邊的人，那個曾經相信他「現在沒有，將來會有」的女人只能黯然退場。這些例子太多了。

我的前主播朋友有一次跟我談起她的丈夫，她說她嫁給他是深信十年之後她依然會仰慕和崇拜這個男人，婚後，兩個人生了三個孩子，瑣事一籮筐，她變成全職主婦，不再是當年那個胸懷大志的女主播。多年過去，孩子大了，她本來有更多時間可以和丈夫過二人世界，可他們的婚姻早已經變了，變得平淡如水，丈夫總是責備她結婚之後沒有進步，責備她跟不上他。這個她仰慕和崇拜的男人，竟然嫌棄她。

你曾希望有一天你會配得起現在愛你的這個男人，他是那麼優秀，後來你做到了嗎？窮會變富，富會變窮，深情會變無情，誰又知道將來的事？誰又能夠做好萬全的準備？關於未來的一切、未來的我們，只能想像。你唯一可以努力的，是今天的你和明天的你，而不是明天的他。

不要怨恨變心的人無情無義，也不要悔恨你為一個人浪費了多少青春歲月，當時你也是甘願的。不要去想像假如沒有遇上他，你是不是會過得比現在好？你本來就應該靠自己過得好。那些深信自己所愛的男人終有一天會出人頭地的女人，你以為她們內心從來沒有掙扎過，也沒有懷疑過嗎？為自己保鮮，也就是為愛情和婚姻保鮮，只有好好去投資在自己身上，你才能夠無視世俗的眼光，無悔地投資在你今天所愛的這個男人身上；要是你眼光不好，看錯了人，你也不至於一無所有，而是各自成就。因為愛你，我活得更好；當你不愛我，我已經好得可以自己過日子了，用在自己身上的努力是從來不會白費的。愛一個人，可以希望回報，就好像你對一個人回眸的時候會希望他給你一朵微笑，但是，當你不再回眸，你也不需要情逝之後的償還與憐憫。兩個人一起的日子，一起進步，一起變得更好，是互相成就，即使後來各自天涯，相忘於江湖，也曾是當初最好的相遇和選擇。

寫在後來

在不確定的將來裡，愛在當下便是。

相信一個男人的未來，其實就是相信自己的眼光；假使錯了，也是自己的錯，與人無尤。

比起明天的他，你更能把握的是明天的自己，今天付出多少努力，明天就有多少底氣。

努力也許得不到你想要的結果，但是，努力過的人生是不一樣的。

愛一個人，怎會不希望回報？怎會不期待一個微笑的深情的回眸？從今往後，他一直都在，就是最甜蜜的回報。

我又再一次愛上你

一次又一次的復合只是證明你我真的不適合彼此，
那就各自安好吧。

班．艾佛列克和珍妮佛．洛佩茲分手二十年後復合並結婚，大S離婚後嫁給初戀具俊曄，大家對破鏡重圓是否有了新的希望和幻想？過去的戀人之中，有沒有一個人你想和他再一次走在一起？

許志安和鄭秀文分開多年以後終歸又走在一起，當時大家都為這對曾經一起長大、一起奮鬥、最後各自拿到了最佳女歌手和男歌手的小情侶高興，後來的婚姻之路又是否幸福美滿？不走到最後，誰又知道？

莫文蔚嫁給初戀的德國男友，謝霆鋒回到他口中的最愛王菲身邊，離離合合的故事何曾停止上演？五光十色的娛樂圈如是，普通人的世界更多這樣的故事，畢竟，我們喜歡和愛上的始終是同一類人。

我的朋友智偉和女朋友三離三合，每一次離合都相隔多年，而每一次分手的理由也相同，她嫌他不長進。他是她的初戀，她愛他，可是，他就是那麼吊兒郎當的一個男人，從來不會為將來打算，在他身邊，她一點安全感也沒有。相反，她是個不斷努力向上，不斷為自己增值的女孩子。第三次分手，她遇到了一個能夠給她安全感的男人，這一次，她下定決心不再回頭了。時隔多年，她結婚了，偶爾會在舊朋友的聚會上見到智偉，她知道智偉還在等她，可兩個人都知道已經不可能了，何況，這個男人每次在等她的時候身邊總有另一些女人，他就是這樣一個人，始終改不了。一次又一次的復合只是證明你我真的不適合彼此，那就各自安好吧。

另一些故事是一次又一次的復合或是最終復合證明我們始終最適合彼此。當初分手總是有理由的，可有時候是離開之後反而慢慢了解對方，當時以為不可以包容的缺點和不可以原諒的過錯，人長大了和經歷更多之後，漸漸覺得不算什麼，假如當初是現在這個年紀，那些都是小事。大部分人錯過了就是錯過了，有些人卻因為緣分而可以重來一遍。無論是班・艾佛列克和珍妮佛・洛佩茲，或是大S和具俊曄，都是兜轉了很多年才又走在一起，雖不是回頭已是百年身，也是再愛已是中年人。大家都不年輕了，卻是一個比以前成熟，甚至更精采的自己。原來，你要活得好，才有重聚的可能。這時，你能夠以一個更好的我面對你曾經愛過的那個人。時光飛逝，大家都老起來了，可你不用害怕容顏衰老，年少相識，在彼此眼中，你和他永遠是當年模樣。

只是，破鏡重圓背後總有被辜負的另一人。謝霆鋒說他始終最愛王菲，這句話置前妻張柏芝於何種境地？許志安跟鄭秀文分開之後，和女助手一起許多年，後來又離開女助手回到鄭秀文身邊。破鏡重圓真的值得我們歌頌嗎？有一刻，我為兩個人途中的那些過客覺得難過。有的人，付上全部，卻終究是別人的過客。

寫在後來

說什麼好馬不吃回頭草，回頭草若是好吃又為什麼不吃？

有些舊愛，是用來懷念的，但你不會回去了。

有些舊愛，是用來提醒自己曾經的年少無知和愚蠢。

有些舊愛，是用來讓你認識自己。

有些舊愛，是用來讓你幻想若是當時作了另一個抉擇，人生是否有另一種可能。

再一次愛上一個人，需要的是緣分和時間。曾經是錯的時間，卻是對的人，千迴百折，終究等到對的時間。

很想跟你好好說話

最讓我們覺得受傷的話語，
往往出自最親密的那個人口中。

剛進電視臺工作的時候，有一個男編劇，我對他印象特別深刻，據說他曾經是文藝青年，可是，這位過氣的文藝青年常常滿嘴髒話，每次和他開編劇會，也是髒話研習班。他太太在電視臺附近的商場裡開了一家賣民族服裝的小店，午飯的時候，我們這些女編劇喜歡去那兒逛逛，髒話男有空的時候會在店裡幫忙。在太太身邊的他跟在電視臺的他完全是兩個人，在太太面前，他不但不說半句髒話，甚至話也很少。他總是在店裡一角低著頭摺衣服，偶然抬起頭跟太太說幾句話也很溫柔，說的時候更是一臉羞澀。那時我還在讀書，沒見過多少世面，可也是那時候我才見識到男人在太太面前和背後可以有兩副臉孔。

多年過去，有一回我經過那個商場，看到那家小店還在，只是不知道店主是否還是那對夫妻。今天回頭再想，髒話男當年能夠跟結婚多年的太太這麼溫柔地說話也是很窩心的。

約會的時候、熱戀的時候、新婚的時候，和另一半好好說話是很自然的事，只是，後來呢？時間一長，我們可沒那麼客氣了。有時咆哮、有時用罵的、有時可晦氣了、有時是嘲諷、有時是哭著說，有時索性不說話。不說話不行，那就寫字條吧，有的夫妻就這樣寫字條寫了好幾年，最後還是離了。

跟最親密的人好好說話為什麼那麼難呢？為什麼對朋友可以說體貼的話，對身邊的人卻得用吼的？是不是正因為對方是最親密的人？他明白我、他會接受我的一切、他也會包容最真的我。可是，最讓我們覺得受傷的話語，往往出自最親密的那個人口中。

你是不是已經不記得從哪個時候開始忘記好好說話？吵架的時候，最難聽、最冷酷和尖酸刻薄的話都能說出口，目的就是要傷害對方。我也說過這些話，當時說完忍不住哭了，我怎麼能夠對我愛的人說出這些話啊？我慢慢學會了，無論多麼惱火，也決不說出傷害對方的話。

你有多久沒有跟身邊的人好好說話了？是的，他愛我，他會包容我、他了解我，他知道我只有在他面前才會這樣，可是，當我一次又一次變得這麼討厭，他心裡難道不會受傷嗎？

假如我們每次要咆哮的時候都把想要說出口的話先在心裡跟自己說三遍，是不是就可以好好說話？假如我們每次想發飆的時候都想想這個人是我愛的，是不是就可以好好說話？假如我們每次想罵他的時候想想他一直以來對我的包容、想想餘生不長，是不是就可以好好說話？

你一直都錯了，那個最糟糕的、最討厭的、不肯好好說話的你，並不是最真的你，而是最有恃無恐的你。我們總是把眼淚留給最愛的人。

寫在後來

今後餘生，很想跟你好好說話。

明知道一旦說出了口就收不回的話，以後就別說了。
對那個我愛也愛我的人溫柔以待，只要記著這一點就是。

太投入你就輸了

愛我的，我不一定愛；不愛我的，我決不愛他。
我大好一個人，何苦去愛一個不愛我的人？

愛我的，我不一定愛；不愛我的，我決不愛他。我大好一個人，何苦去愛一個不愛我的人？除非，單向的愛情並不痛，但怎麼可能不痛呢？好吧，一點點痛是可以的，那得有一個期限，期限到了，看不見希望就轉身吧。天涯到處是芳草，真的沒必要跟自己過不去。你得不到的那個人的好，有一大部分是你一廂情願想像出來的，一旦得到了，也許會失望。

一個女孩說，她每次一投入就輸了。她曾經對她暗戀了一年的一個男孩告白，跟他說：「我們可以在一起嗎？」那個善良的男孩委婉地回答：「我們做最好的朋友吧。」她碰了一鼻子灰，卻不後悔告白，她愛他愛到心裡開始覺得苦，再不告白，她會難受；告白了，知道結果，至少可以早一點退出。

情路上，她一直是早退的那個人。她喜歡的男孩都是一些聰明的帥哥，其中一個是她的初中同學，她第一眼就愛上他了，他有一雙可愛的腰果眼、成績好、運動出色、性格開朗，在學校裡有很多朋友，她也是其中一個。可是，他喜歡的女孩從來不是她這個類型。畢業那麼多年了，每次舊同學聚會，他都帶著漂亮的女朋友一起出現，他換過幾個女朋友，唯一沒變的，是她們都漂亮又時髦。跟這些女孩相比，她就像一隻醜小鴨。

醜小鴨從來不敢表白，直到一個晚上，男孩拿到一個獎項，幾個舊同學和他吃飯慶祝，他竟然一個人來了，身邊沒有女朋友。這天晚上，他喝很多，醉了之後，他告訴大家他失戀了。他說的時候眼睛紅了，哭的卻是她，她拚命吸著鼻子不讓大家看到她的眼淚，她不知道這眼淚是高興還是心疼他。

散場後，一起回家的路上，車上只剩下他倆，她鼓起勇氣對他說：「要不我們在一起吧。」一瞬間，空氣好像凝固了，除了車聲，她聽不到任何回應。車子停下，他終於開口，溫柔地對她說：「你到了。」聽完這三個字，她只好默默地走下車，心裡希望他醉後醒來不記得她說過什麼，那她就可以假裝自己什麼都沒說過。可惜，下一次再見時，他身邊有另一個女孩，當她看到他的一雙眼睛，她就知道那天晚上他並沒有醉到忘記她說過什麼。那麼，她只好假裝自己忘記了。

多少年了，她總是在告白與不告白之間徘徊，她告白過的都沒結果；她不告白的，永遠不知道結果。她愛的人不愛她；愛她的，她不是很愛。她漸漸接受了這是她的命運，她不怎麼愛的那些人，她不在乎，也不害怕失去，他們倒是很愛她，整天想跟她在一起。她越是對他們若即若離，他們越是離不開她。

她說：「原來這就是愛，太投入你就輸了。」

可是，有哪一段美好的愛情不需要一百分的投入？愛的時候，不都是一百分的嗎？失去了，長歌當哭，擦乾眼淚，下一次，還是會奮勇地奔向那一方幸福的天地，儘管你知道它也許會有荒蕪的一天。

你為什麼會嫁給了青蛙？

青蛙簡單樸實，青蛙的眼裡只有你一個，
你就是他的全世界。

《王冠》第五季，分居中的黛安娜王妃喜歡上醫院裡一個偶然相遇的巴基斯坦醫生，不惜主動追求他，這個醫生既不英俊，也無權無勢，卻突然被這個全世界最知名的女人看上，就連他自己也覺得很困惑。他對黛安娜說：「我不明白你在我身上看到什麼。我是個平平無奇、有社交障礙、稍微超重的工作狂醫生。」黛安娜告訴他：「你忘了，我已經嫁過一個王子，他傷透了我的心，我只想要一隻能讓我快樂的青蛙。」

當然，我們知道，在巴基斯坦醫生之後，黛安娜還有其他幾隻青蛙。最後一隻青蛙是和她一同死在巴黎隧道裡的哈洛德百貨店的少東多迪．法耶茲。

女人在寂寞和傷心時的選擇並不總是聰明的。這是許多年前的一個真實故事：漂亮女人和年輕有為的男人是大學同學，相戀多年，他事業有成，兩個人結束漫長的戀愛走進婚姻。婚後，他工作越來越忙，總是留下她一個人在家。他倆住的小區是個高尚住宅區，小區有自己的巴士接送住戶到附近的地鐵站。女人常常搭這輛巴士，因此認識其中一個司機，兩個人經常聊天。寂寞的太太愛上了這位司機，最後跟那個很少陪伴她的丈夫離婚，嫁給了司機。在世俗的眼光裡，這個司機不就是青蛙嗎？

菲特烈．貝克曼的小說《明天別再來敲門》的男主人翁歐弗是火車上的清潔工，他為人老實，但是個性木訥，做事一板一眼，固執又沒朋友。一天，他在火車上邂逅他後來的太太索尼婭，開朗活潑的索尼婭是師範學院的學生，每天坐同一班火車上學。歐弗鼓起勇氣坐到索尼婭身邊跟她聊天，他沒想到這個美麗的女子竟然搭理他。直到許多年後，索尼婭才告訴歐弗，他那天突然坐在她身邊有點唐突，但她喜歡他有著寬厚的肩膀，把襯衣撐得鼓鼓的，還有溫柔的眼神，歐弗傾聽她說話，她也喜歡逗歐弗笑，而且，每天上學的旅程太漫長，有人作伴是愉快的。就這樣，他們相伴了一輩子；可惜這輩子太短，索尼婭留下了歐弗先走一步，他又變回那個孤獨的歐弗。

多少女人曾經夢想嫁給一個王子，後來卻嫁給了青蛙？有的女人因為寂寞和失戀而選擇一隻青蛙；也有些女人，像索尼婭，她一開始就愛上青蛙，因為青蛙簡單樸實，青蛙的眼裡只有你一個，你就是他的全世界。

我們大抵都聽過很多這樣的故事，說一個女人失戀後挑了一個條件和她相差很遠的男人。沒有人知道她是因為寂寞還是想要向那個甩掉她的男人報復。假如是報復，那真的是太傻了，誰會放棄自己的幸福去報復一個不再愛你的男人？直到後來，她才明白，最好的報復是比他幸福，也比他活得精采，這些都需要你自己爭氣，而不是一隻青蛙或者任何一個人可以給你的。

即便是王子，也不一定永遠愛你；就算他是個痴心的王子，永遠愛你，你也許還是會有不愛王子的一天。

你可以嫁給青蛙，因為青蛙愛你，對你百依百順，他眼中只有你，他不會讓你傷心和寂寞，但是，請不要因為那個你曾經以為的王子傷了你的心而嫁給青蛙，這樣的你，既傷害了自己也傷害了一隻無辜的青蛙，他本來可以是另一個女人的王子。

寫在後來

無論嫁給王子還是嫁給青蛙，都不一定會幸福，那不如做自己的公主。

一個女人的王子，說不定是另一個女人的青蛙，反之亦然。

你的青蛙若是把你寵成公主，他就是你的王子。

你若愛我，才不會讓我等

一切這麼急速，誰還會願意等待？

你若愛我，才不會讓我等；我若愛你，也捨不得讓你等。

「我永遠不會放棄你」、「我會永遠等你」這兩句情話，哪一句更感動你？

曾經有一個人對我說：「我會永遠等你。」他這麼說的時候，我是相信的，但是，後來的一天，我終結了他的等待。

那個說：「我永遠不會放棄你。」的人說到做到，一直沒放棄。

漫長的等待太苦了，而今還有人願意等待嗎？

等一個人，不是毫無希望的等待，而是相信總有一天他會選擇你、他會留在你身邊。假使毫無盼望，誰又會傻得一直等下去？我聽過一個故事，女孩喜歡一個男孩，可是，男孩喜歡的是男孩。既然無法擁有他，女孩甘心情願留在他身邊做他最好的朋友，只要看到男孩，她就滿足了。男孩喜歡的都是那些長得好看但對感情不專一的男人，失戀和受傷是可以預知的結局。每一次失戀，女孩都聽他傾訴，陪他買醉。男孩生病的時候、孤單的時候，女孩都在他身邊。男孩身邊的男人來來去去，不停轉換，只有女孩一直沒離開。

女孩從來沒有喜歡過別的男人，她一直在等，等著男孩的改變，她跟自己說：「也許有一天，他會喜歡女生，而我剛好就在。」雖然她身邊的朋友都告訴她這件事不可能發生，但她不肯放棄，她要用青春去等待一個夢，一個所有人都不相信的夢。

時光荏苒，男孩和女孩都不再年輕，只剩下彼此了。男孩終於被這個女孩感動，他想試著和她一起。他向女孩求婚，女孩答應了。女孩幸福地宣布結婚，她跟最好的幾個女朋友說：「原來我真的可以等到這一天！」

我不知道以後的故事，但這場賭局，她贏了。

多年以前，我收到一位讀者的信，他告訴我，他和女朋友談了七年的異地戀，兩個人終於可以在一起，他們要結婚了。他家裡總共有十幾個箱子的信，全是這七年間兩個人寫給對方的書信，他們一直留著，這些書信是他倆最美好的回憶，也是這些書信陪伴他們度過最難熬和最孤單的日子。從前沒有今天各種各樣的通訊軟體，長途電話費很貴，兩個人相隔千里，只能依靠書信和每星期一次的長途電話聊天，那時候我們卻願意等待。今天有那麼多的通訊軟體，隨時可以在網上聊天，也可以看到對方、知道對方在做什麼，我們反而不願意等待。

一切這麼急速，誰還會願意等待？你若愛我，才不會讓我等；我若愛你，也捨不得讓你等。

從前的等待雖然漫長而苦澀，卻好像一個人在暗夜裡抬頭看到天空上一顆閃耀的星星，雖然遙遠卻照亮著我的心；而今，當你抬頭，星星不再明亮，等待和思念再也沒有曾經的那份詩意，放棄倒是更容易，誰沒有了誰也可以活下去。

慢慢地，夜空漸暗，再也沒有星星了，一路上只有霓虹燈和路燈，是科技終結了所有人的等待。

你若孤單，我會自責

人只有被理解才不會孤單，
可誰又會全然理解另一人？

《非常律師禹英禑》第十二集〈濟州島的藍夜〉裡，汪洋事務所的律師們一塊到濟州島出差，李濬浩也趁著這個機會帶禹英禑去見他住在濟州島的姊姊和姊夫。姊姊準備了一桌子的美食，可並沒有禹英禑愛吃和唯一肯吃的海苔飯捲。為了李濬浩，禹英禑勉強把一大碗生魚片蓋飯吃下去，吃得臉都扭曲了。姊姊和姊夫看到英禑種種奇怪的舉動，才知道她跟常人不一樣。飯後，英禑上洗手間回來，無意中聽到姊姊對李濬浩說：「你應該找一個照顧你的人，而不是找一個需要你照顧的人啊！」

愛上一個自閉症患者是會孤單的吧？就像這麼多年來養育她的父親那樣孤

單。英禑不希望她愛的李濬浩會感到孤單，她卻也無法保證自己不會讓別人感到孤單。從濟州島回來，英禑決心和李濬浩分手。

英禑錯了，和任何人相愛，都是會孤單的。

生而為人，本來就是孤單的。那些身邊常常有一大群朋友的人並不是不孤單，他們是害怕孤單和寂寞，需要很多朋友去填滿空檔。

我們因為孤單而去愛，最後卻因為愛而孤單。這輩子在情路上顛沛流離，不就是為了找一個餘生可以相依相伴的人嗎？找不到當然會孤單或者孤獨終老，找到了又是否從此再也不會孤單？當我們責備我們愛的那個人讓我們感到孤單的同時，是否也撫心自問我們是不是也常常把孤單留給了對方？

愛上一個人，以為不再孤單，原來人在愛情裡還是會孤單的。你做的一切，你期待的、你需要的、你想要的，你愛的那個人全然不知道，知道了也不了解，難道每一次都要開口跟他說嗎？有時候，你只好把孤單埋藏在心底，然後有一天，你終於明白，孤單沒那麼壞，那是你留給自己的一片天地。誰又了解別人的孤單？即使那個人是你所愛。

人只有被理解才不會孤單，可誰又會全然理解另一人？於是你知道，孤單終究與你如影隨形，它本來就是一個人的影子，這輩子別想把它甩開。

寫在後來

當我孤單和悲傷的時候，那個人為什麼還沒有出現？也許他已經在來的路上；也許我們曾經相遇而不相識，直到一天，時間對了，他帶著一身旅塵，終於來到你身邊，而你剛好回眸，看見了他。你微笑著說：「是你呀！」我們的相逢，天意常在。

當你愛上一個人，漫天的星星也為你閃亮；當你孤單，星河寂寂。在這片星球上，我們尋覓，我們等待，我們微笑哭泣，醉後跌倒，只為了遇見幸福。你愛的人，是否像你愛他一樣愛你？抑或他總是讓你感到孤單？

愛是什麼？是不希望你在我身邊會覺得孤單。你若孤單，我會自責。

愛是種選擇，不是需要

餘生你想和他在一起嗎？
你想的話，那就是愛。

大衛．歐．羅素導演的《阿姆斯特丹》眾星雲集，卻看得你一頭霧水。故事背景設在三〇年代的美國，據說真有其事，可是，假如你不了解美國史上那場著名的政治陰謀，你完全不懂幾個主角在做什麼；就算真的了解，劇本也太糟了，票房慘敗是理所當然，只能說，再好的導演也有失手的時候，就像再聰明的女人也會錯愛。

全片對白很多，只有兩句臺詞讓我耳朵豎起來。約翰．大衛．華盛頓飾演的黑人律師和瑪格．羅比飾演的白人護士是亂世中的一對戀人，瑪格有一天不辭而別，離開了阿姆斯特丹，十二年後，兩個人在紐約重逢，始終相愛。約翰對瑪格說：「愛是種選擇，不是需要。」瑪格看著他，情深地說：「我選擇你。」也是因為聽到這句話，兩個人的醫生好朋友一瞬間清醒過來。醫生的妻子和岳父岳母向來對他不好，甚至把他送上戰場，害他在那裡失去了一隻眼睛。當他從戰場上回來，他們竟無情地把他趕走，但他一直深愛著妻子，想要回到她身邊。原本一片痴心、執迷不悟，聽到「愛是種選擇，不是需要」這句話時，他突然明白了，妻子只是需要他，而不是選擇他。

愛是種選擇，不是需要。可是，我們真的能夠把愛和需要分得清楚嗎？

你需要這個人，你可能並不愛他；但是，當你愛一個人，你不可能不需要他。

何謂愛？何謂需要？你曾否只是需要一個人而不是愛他？但你是否會欺騙自己和對方？你告訴他，也告訴自己，你是愛他的。

你需要一個人，因為他手上有你需要的東西，他願意給你、願意和你分享，也願意為你付出。然而，當你愛一個人，你會甘心情願為他付出而不計較，也不會去想你到底是需要他還是愛他。你唯一需要的，是他的愛。

人有太多需要：現實的需要，心靈的需要。現實的需要有一天也許會變成愛，就像有些人當初和一個人在一起是為了對方的權勢、財富，或是名望，然而，時間長了，他漸漸愛上了這個人。我聽過一個故事，不知道算不算浪漫。故事的漂亮女主人翁嫁給了一個年紀可以當她爸爸的富翁，她不愛他，但她需要他的財富、地位和他慷慨給她的優渥的生活，那時她心裡想，這個男人比她老很多，應該會死在她前頭，到時候，她自由了，也會有很多錢。然而，二十多年過去，他還活著，她自己也老了，她對這個丈夫有了感情，倒是很害怕他會死在她前頭。在這段原本只是金錢交易的婚姻裡，她愛上了這個對她很好的男人，捨不得他走。需要是有可能變成愛的。

選擇是自由的，需要卻是犧牲了一些自由。

劉嘉玲在金星的節目裡說，當年有人說她是嫁不進豪門才跟梁朝偉在一起，她告訴金星：「是我選擇梁朝偉。」

這樣的選擇多麼美麗，也多麼值得驕傲。

當你全心全意去愛，根本不會去想你是需要這個人還是愛這個人。只有當你發現自己好像不太愛這個人的時候，你才會懷疑自己。他很好，所以你需要他，但你愛他嗎？有一天，你也許會恨自己是需要他而不是愛他。

餘生你想和他在一起嗎？你想的話，那就是愛。

你和他在一起，但是你心裡住著另一個人，又或者你一直幻想著有一天會遇到此生最愛，那麼，他對你來說，只是一種需要。假如最後不是和最愛在一起，你才會認命，和他終老。身邊這個人，始終是次選。你沒選擇他，是他選擇你。

選擇是幸福的，需要卻是孤單而感傷的。

寫在後來

「我選擇你。」是多麼深情的告白，願我們都能找到可以說這句話的人。

有時我們並非不知道這是愛還是需要，而是我們不想知道。

我選擇你，是因為我愛你；我需要你，是因為你愛我。

讓愛情不老的方法

愛情是一個人的事，愛情也是兩個人的事。

常常有人問我如何為愛情保鮮、如何讓愛情不老？我倒是想問問他們：「世上有不老的人嗎？」當然是沒有的。既然每個人都會老，愛情又怎麼可能不老？怎麼可能永遠鮮活？我們追求的，不該是一段一直濃烈的愛情，那是不可能的，當兩個人生活在一起，痴情怎麼可能永遠？只有得不到的愛情才有可能其中一人痴心一片，那份痴心禁得起歲月的考驗，卻也許禁不起兩口子的細水流年。

我們追求的，應該是一直有甜度的愛情。到過日本的朋友都知道日本的水果常常會標明甜度多少，譬如這個橘子的甜度是三十度、這個大蘋果的甜度是二十五度、這盒草莓的甜度是二十度，諸如此類。愛情的甜度像水果，長年累月，也許每天不同，今天是大蘋果，明天是草莓，過兩天是橘子。今天我愛你一百分，明天可能掉到五十分，過兩天因為你做了些什麼事情讓我很感動，我對你的愛又變成七十五分。

愛情怎可能永遠新鮮？它永遠在變。讓愛情一直有甜度是需要努力的，你若不甜，你的愛情又怎會甜蜜呢？為愛情保鮮，也就是為自己保鮮。

愛情是一個人的事，愛情也是兩個人的事。一片深情只有你自己在付出，甚至只有你自己知道，那就是一個人的事。兩個人的一片深情和共同付出，就是兩個人的事。然而，你管不了另一個人，你不能央求他和你一起努力，你也不可能一邊變得越來越討厭和橫蠻卻一邊要求對方百依百順。想要保鮮，那就得努力為自己保鮮。

再美的花兒也會凋謝，再甜的水果也會過期，我們都知道人會慢慢變老，但我們總有方法可以老得慢一些，再慢一些。

請你為自己保鮮。你不必去思量如何為愛情保鮮，好好為自己保鮮便是。為自己保鮮就是為自己增值。無論外在和內在，也得增值。品味是可以培養的，不懂可以看書、可以請教別人，不要變成黃臉婆之後才埋怨對方不愛你。當你變好、變漂亮，他會更珍惜你；他若不珍惜你，你會遇到更好的。

女人要多讀書，讀書使人有氣質，那是錢買不到的，那是香奈兒和愛馬仕包包永遠給不了你的。假如一個男人反對你多讀書，這個男人你可以不要了。

只有平等的愛才有甜度，才會鮮活；當你優秀，你可以不為任何條件去愛一個人，你也用不著在愛情裡卑微。當你優秀，你會活得更光亮，也更迷人，他不愛你，自有更愛你的人。

一個人怎可能永遠相信愛情？總是有時相信，有時不相信。你在二十歲和三十歲時相信的愛情，到四十歲和五十歲的時候也會相信嗎？當你長大和變老，你所相信的愛情也會跟過去不一樣，曾經相信激情，後來嚮往的是深情；曾經相信不求天長地久，後來相信的是細水長流。當你了解人生，你也就了解愛情，世事無常，愛情和世間的一切也是無常的，也是會變的，不變的是你一直相信愛情。無論高低起跌，無論經歷多少失望和沮喪、受過多少傷害、流過多少眼淚，你若想要為愛情保鮮，想要愛情不老，請你依舊相信愛情。否則，一個人又怎可能為他不相信的事情一直保持年輕和鮮活？只有相信，才會甜蜜，才會知道愛情的百轉千迴中總有它難以割捨的時刻。

不要害怕愛情變老，老了的愛情也有它的美好，它更穩定，它已經證明自己禁得起歲月，今後也只有死亡可以把你們分開。

愛情悲觀論

遇到你我不知足，
只有能夠和你走到最後我才會知足。

假如有個人告訴你他不相信愛情，不相信永遠，不相信會遇到能使他幸福的人，你會認為這個人不渴求愛情嗎？相反，偏偏是這樣的人最渴求愛情。對愛情悲觀的人反而清醒，反而更了解愛情。

對愛情本來就是應該悲觀的，我們對於所有我們無法永遠把握的、隨時會失去的東西，難道不是悲觀的嗎？這輩子，遇到對的人的機率有多少？大部分人只是遇到還不錯的人，而越來越多的人即使是一個還不錯的人也沒遇到。別說找一個人共度餘生，要找一個你餘生不後悔的人也不是那麼容易。有人說，愛那個遇到你就知足的人吧，他就是最好的；可是，此刻的知足並不代表永遠知足。人若能知足，這世界該有多簡單。熱戀時的知足是必然的，誰又會不知足地熱戀著一個人？所謂知足，跟失戀時說：「我再也不會這麼愛一個人了。」其實是同樣道理，說再也不會這麼愛一個人的人，後來通常會再一次愛上一個人，並且發現這個人比起上一個好太多了。

愛一個人的時候，他的一切在你眼中都是好的，後來的一天，他的好沒那麼好了，他的缺點卻始終沒改。誰又能保證自己永遠不變？說永遠不變，那跟你對你愛的人承諾不會死在他前頭又有什麼分別？你會愛一個不變的人嗎？假使十年後的你比現在進步很多，而他跟十年前一樣，你會像當初那樣愛他嗎？

我們之中，有誰不是在漂泊？人在愛情裡也是如此，所有的相遇也是漂泊中的依靠。我們找的是一個一起在世間漂泊的人，找到了，我們希望可以從此時此刻過渡到未來的時時刻刻，後來是否都如願了？所有依靠都是暫時的，只是我們不知道這個暫時有多長。我們希望它會比我們的生命長久，那就是永遠。

我的一個朋友到四十歲依然形單影隻，上一次戀愛好像是上世紀的事，他已經忘記了和所愛的人一起過日子的那種甜蜜的滋味。他條件很好，就是沒遇到，有一天，他很苦惱地跟我說：「我那麼努力工作，我的夢想、我的生活、我賺到的錢，我也想有個人跟我分享啊。」幾年過去，他依然單身，他期待愛情，卻也悲觀，愛情好像已經變得很魔幻，在現實世界是沒有的了。他跟前任女友依然是很好的朋友，他們始終互相支持。他說：「再好的兩個人，也許終歸還是會分手。」當你了解愛情，你也了解聚散，又有多少人可以走到最後？明白了聚散，那就懷著這份悲心，擁有的時候好好去愛，好好去珍惜吧。

愛情是因為悲觀而難得，否則誰又會去珍惜？因為了解，所以悲觀；因為悲觀，所以知道要珍惜。遇到你我不知足，只有能夠和你走到最後我才會知足。

在世間，找到一個人，他喜歡的，你也喜歡，他不喜歡的，你也試著不喜歡；他討厭的，你也討厭；他不討厭的，你也試著去欣賞。長夜永晝，相依相伴；此生此世，形影不離，那是多麼浪漫的事兒，卻不是每個人都那麼幸運會遇到。你為自己既相信愛情又不相信愛情而覺得難過，你也為自己既想要永遠又不相信永遠而沮喪，悲觀的人並非不樂觀，他們只是不盲目樂觀，他們只是更了解人生。

寫在後來

我對愛情永遠悲觀，卻在悲觀之中懷著盼望和期待。

我對愛情心懷悲憫，希望愛情對我也如是，會因為悲憫而對我好些。

對愛情悲觀，那就不會失望；失望的時候，我可以告訴自己：「本來就是會變的、會失去的。」

當時，你以為這是失戀，後來，你明白這是聚散。

該放下的執著和那個人，你都放下了嗎？

有時候，我們不肯放手不是對方有多好，
而是我們已經投注太多青春與感情，所以不願放手。

好朋友半年前罹癌，切除腫瘤之後得做化療，我特地上網找找有沒有好看的帽子可以送給她，上網一看，這才發現原來有給化療病人專用的化療帽。當時是夏天，我買了一頂棉麻的給她，下單後，想到很快就是秋天了，她的頭髮到時候應該還沒長出來，又買了一頂羊毛的給她。

那天帶著兩頂帽子和美味的點心去陪她做化療，當我走進偌大的化療中心，發現放眼都是頭戴化療帽的人，有年老的，也有年輕的，剩下那些沒戴帽子的、有頭髮的人，像我，是陪病人來做化療的。那一刻，我又再一次看到了人生的悲苦與匆促。

一位喜劇巨匠曾說，他喜歡寫喜劇而不是悲劇，因為觀眾喜歡看悲劇的話大可以到醫院裡走一圈看看，不必進戲院。我並不完全同意他的說法，因為我也常常進戲院看悲劇，悲劇更接近人生和命運的本質，而醫院裡也會有喜劇，孩子出生和病人康復出院就是喜劇。有誰的人生從頭到尾都是一部喜劇？我們大部分人演的是一部悲喜劇，甜酸苦辣麻鹹香，這輩子，到頭來是苦樂參半，假如你分到的快樂多一點，你是幸運的。

我喜歡樂觀的人，我也是個樂觀的人。我一個朋友在他兒子小時候問他，他喜歡快樂還是痛苦，他的兒子竟然說：「我喜歡痛苦。」是的，這世上的確有人喜歡痛苦，因為痛苦有時很刺激。假如沒有人喜歡痛苦，又怎會有那麼多人苦苦愛著一個不愛自己的人？這個當時不到十歲的、個性悲觀的小孩子長大後很不幸得了抑鬱症，一直是個讓父母憂心的兒子。

無論悲喜，人生也是同樣的匆促，那你為什麼不試著快樂一些？當你看到像我那天在化療中心看到的一幕，或者在醫院的重症病房走一趟，你便不會再執著些什麼，因為一切執著都是沒意義的，也都是自討苦吃。

你曾執意去愛的那個人，此刻還留在你身邊嗎？還是你已經不愛這個人了？

有時候，我們不肯放手不是對方有多好，而是我們已經投注太多青春與感情，所以不願放手。我們要贏到最後，卻不一定會笑到最後。

該放下的執著和那個該放下的人，你都放下了嗎？時間永遠比我們想像的走得快，當你老了，你的朋友也老了，你突然發現，有幾個朋友在通訊軟體上的頭像不知什麼時候換上了一張自己的童年照片；換上童年照片的那一刻，也就是覺得自己老了。童年時，我們渴望長大，卻沒想過長大之後會老去。

今後也許依然會執著，但是，至少你看到自己的執著，你會快一點放下，放下的時候也比較捨得。若能如此，該有多好。

當你沒那麼年輕了，
你只想穿一雙最舒服的鞋子、
一雙可以陪你走很遠的路的鞋子。
苦苦愛著一個人的卑微和痛苦終成往事，
你再也不會為了一雙不好的鞋子
委屈自己的一雙腳。

轟轟烈烈的愛情若無法歸於平淡，
終究會灰飛煙滅。
當你數落曾經愛過的人，
你數落的也是自己當時的無知和愚蠢。
曲終人散，該落幕的，就讓它落幕吧。

{ Chapter 3 }

別為
不合適的愛情留下

渣男與鞋子

天下間的渣男才是那雙磨腳的鞋子，害你磨破了皮，流著血跛著腳走路。

艾倫．狄波頓的自傳體小說《我談的那場戀愛》裡，男主人翁曾經為了一雙鞋子和女友大吵一場。那時候，兩個人正在熱戀，他陪女友去逛鞋店，女友看到一雙楔形鞋的時候，眼睛就像會發光似的，穿在腳上興奮地在店裡轉了好幾個圈兒，不停誇讚那雙鞋子好看。看著她，狄波頓禁不住在心裡想：「她怎麼可能喜歡我的同時又喜歡這雙鞋子？」他覺得這雙鞋子難看死了，可他害怕得罪女友，不敢說出心裡話。幾個月後的一天，熱戀期過了，兩個人在家裡因為小事吵起來，最難聽的話都能說出口，他忍不住告訴她，他覺得那雙楔形鞋很醜，不知道她為什麼會買。聽到他這麼說，女友大吃一驚，氣他當時沒說真話，又認為他是在羞辱她的品味，一怒之下哭著把其中一隻楔形鞋扔到街上去。

我們每個人不都買過很醜的鞋子嗎？買的時候可是覺得很好看的。去年夏天，我在鞋店看中了一雙白色繫帶的涼鞋，但我家裡已經有很多涼鞋了，我不知道要不要再買一雙，於是決定回家再想想。回到家裡，我越想越覺得那雙涼鞋很漂亮，故事的結局當然是第二天一大早我就衝進去鞋店把鞋子抱回家，生怕慢了一步它會落在別人腳上。

然而，那雙涼鞋來到我家之後好像變得不好看了，也不好穿，我只穿過一次。今年，我又把鞋子拿出來看看能不能穿。看著這雙我一年之前覺得漂亮的涼鞋，我不禁痛苦地敲問自己的靈魂：「天呀！這麼醜的鞋子我為什麼會買？」我深深為自己的眼光和品味感到慚愧。這就好像你曾經愛過的一個男人，你當時愛他愛到無可救藥，你可以為他放棄一切，在你眼裡，他什麼都好，他的不好也是可以包容的。當他不愛你的時候，你甚至不想活下去。若干年後，當你回首過去，就像我一年後再看到我曾經很中意的那雙鞋子那樣，不禁敲問自己：「我那時是不是瞎了啊？我為什麼會愛上這個人？」可你就是愛過這個人，你的眼光曾是如此糟糕和膚淺，你的層次曾經低到塵埃裡去。

許多女人也許都愛過一個渣男，幾年前，某男星跟前女友分手之後把她比喻為「磨腳的鞋子」，這個比喻多麼無情無義？曾經在一起的一個女人，怎麼就變成踩在腳下的一雙不合腳的鞋子了？天下間的渣男才是那雙磨腳的鞋子，害你磨破了皮，流著血跛著腳走路，可是，即使走累了，即使明明知道不合腳，你也捨不得脫下來，以為時間長了會變得合腳。當時年輕，你以為這就是愛情。

每個人都難免有品味拙劣的時候，最會穿衣服的人也有失手的時候，再聰明的女人也會愛上渣男。當你沒那麼年輕了，你只想穿一雙最舒服的鞋子、一雙可以陪你走很遠的路的鞋子，你不再相信不合腳的鞋子多穿幾次就會變得合腳的謊言，你不會因為旁邊有人跟你搶就買一雙你其實沒那麼喜歡的鞋子。曾經的情有獨鍾原來是腦子壞了，苦苦愛著一個人的卑微和痛苦終成往事，你再也不會為了一雙不好的鞋子委屈自己的一雙腳。

清空前男友

有的前男友，是你年少無知犯過的最愚蠢的錯誤。
你唯一的希望，是希望他過得不好。

世上有兩種女人，第一種是分手後跟前男友形同陌路，老死不相往來。第二種是可以跟前男友做朋友，甚至是好朋友。你是哪一種？我的朋友V小姐說，三十五歲前，她是第一種，一旦分手，就像從來沒認識過這個人一樣。三十五歲後，她是第二種，前男友後來成了她肝膽相照的好朋友，這個男人感覺就好像是她的親人，她什麼都可以跟他說，連現任男友的事也會告訴他。三十五歲前後為什麼分別那麼大？這固然是因為可以肝膽相照的這一位前男友是個好人，也因為她長大了、經歷多了，覺得人不需要那麼絕情。

我的另一位朋友C小姐是實用主義者，她一直都是第二種女人。從初戀男友到後來的幾個前男友，大家分手後還是朋友。她的前男友之中，有理工男、有醫生、有從事金融投資的、有做音樂創作的、有做設計的，也有大學教授，可以說是「分布很廣」，每個人都有她用得著的地方。她的錢交給金融男替她投資，她的電腦有什麼問題，找理工男。她身體有什麼毛病，找醫生男。她公司的客戶需要找人設計產品或者需要找人寫歌，她找設計男和音樂男。當她覺得心靈空虛疲乏、需要充實一下自己，她會找教授男聊天，教授男曾經是她思想和人生的啟蒙。由於她的現任男友未來也會陸續變成前男友，她的朋友圈陣容很可觀。她常常掛在嘴邊的一句話是：「我睡過的男人，分手後我絕不恨他。」

到底要不要清空前男友，每個女人的想法和處境也不一樣。有些前男友，不是你想清空他，而是他早就清空了你。有些前男友，身邊已經有別人了，他能為你做的不多，你也不好意思妨礙他。有的前男友，是你年少無知犯過的最愚蠢的錯誤，你寧可從來沒認識過這個人，你唯一的希望，是希望他過得不好。

也許，有這樣的一個前男友，你們曾經深愛，卻走不到最後。今後餘生，你不會捨得清空他。你和他，不常見面，甚至不見了，不是朋友，也不是親人，而是永遠的回憶。一天，當你老了，鬢已星星，往事如煙，他在回憶裡已經不是那麼真實了，終究是時光清空了他。

寫在後來

前男友有什麼好呢？他提醒你，你愛過一個怎樣的人；他也提醒你，今後不要犯同樣的錯。

清空前男友，清空的也是自己從前的錯愛。

清空前男友，也是忘記過去，重新開始。

當你沒那麼年輕了，突然明白，前男友是不需要清空的，因為你已經很少想起這個人了。

愛情裡所有的不甘心，都是對自己的辜負

你不是放不下這個人，
而是放不下這口氣。

直到幾年後，她才告訴我，那時失戀之後做了很多傷害自己的事，甚至得了抑鬱症，並不是還愛著那個男人，也不是恨或是捨不得，而是不甘心。那時候，家人和身邊的好朋友都認為這個男人配不起她，可是，她全都沒聽進耳裡，只覺得他又幽默又風趣，對她更是痴心一片。只是，這份痴心不到三年就走到盡頭了。

他提出分手並且立刻收拾東西搬出去和另一個女人一起的那天晚上，她抱著他的腿、可憐巴巴地哀求他別走，他甩開她的手走了。他走了之後，她一直等他回來，也幻想著他很快會回來，但他沒有。兩個人一起的時候，他常常說自己是

個不相信婚姻的人，分手不到一年，他竟然和那個第三者結婚，而她卻用了許多年才從失戀的傷痛中走出來。她曾經以為是愛，後來，她終於明白，愛早就結束了，她是不甘心和不服氣，日復一日，她心裡想：「你是什麼東西？竟然是你首先甩掉我？你本來就是高攀我。」

是這份不甘心使她放不下，也不肯放下，她唯一可以做的就是傷害自己。我們身邊總有一些這樣的女人，她們在情路上一直都是幸福的，追求她、愛她和對她千依百順的男人從來不缺，只有她把男人甩掉，不曾有一個男人主動離開她。直到一天，有一個男人竟敢首先不愛她，她完全無法相信這個事實；與其說愛和恨這個男人，她更多的是忿忿不平。

時間對女人有時候是不公平的，「從來只有我把男人甩掉，沒有男人把我甩掉」，這句話，在你青春貌美的二十歲、三十歲，甚至風華絕代的四十歲時，你可以儘管這樣想，再老一些，看清現實就是。

愛情比時間公平，無論你有多好，總有不愛你的人。

別人首先不愛你，你可以覺得不甘心，但請不要被這份不甘心折磨自己和毀掉自己。你不甘心的時候，他已經和別人一起過著他們的好日子了，你的不甘心只是在懲罰自己。那個不愛你的人會因為你在懲罰自己而心痛嗎？你明明知道是不會的。你不是放不下這個人，而是放不下這口氣，無論放不下的是什麼都不重要了。為了他而傷害自己，你蹉跎的是自己的青春，不如用這份不甘心好好努力，去愛一個值得的人，也把這份不甘心化為自愛和愛人的力量，別再在那兒放任自己和放棄自己。

愛情裡所有的不甘心，到頭來都是對自己的辜負。

寫在後來

無論你甘心或者不甘心，不愛你的人已經留不住了。你不肯把日子過下去又怎知道沒有他的日子不會是更好的日子？

所有的心有不甘或許都是自欺，只是不肯承認自己輸不起。

活得精采些，把所有的不甘心甩給那個不愛你的人吧。

王子不愛你

愛情從來沒有很複雜，只有時間和人。
萬轉千迴，始終沒錯過，那就是你的。

等了七十年的王儲查爾斯終於登基了。這位白髮蒼蒼的老王子身上穿著沉甸甸的皇袍、頭頂著重二・三公斤的王冠，在西敏寺大教堂走那麼長的一段路，我真怕他會不小心在自己的大日子摔一跤，幸好他沒有。

香港曾經是英國殖民地，我們對這位老王子和他的故事太熟識了。我在電視上看完整個加冕儀式，心裡不禁有點唏噓，皇后卡蜜拉那個位置原本應該是黛安娜的啊。假如坐在那裡的是黛安娜，該有多美。可惜，黛安娜即使活到今天，也不可能坐到那個寶座上，她的王子很早以前就不愛她了。世上從來沒有「原本」這回事。

即便是年輕的時候，卡蜜拉也說不上是美女，她卻是查爾斯一生所愛，是情人，是妻子，也是摯友。卡蜜拉在加冕典禮上戴的是瑪麗皇后的王冠，王冠不是專門為她製作的，經過改造，銀質的王冠內襯黃金，鑲嵌了兩千兩百顆鑽石，她戴上后冠，身上的華衣和珠寶價值連城，看上去卻像一位老奶奶，一點都不像皇后，可是，她的國王就是愛她，窮盡一生去守護她。

愛情從來和美醜無關，美女會愛上野獸，王子也同樣會愛上醜小鴨。貌美的人總是占盡便宜，早逝的人也得到所有人的同情，查爾斯不忠是鐵一般的事實，否則，黛安娜也不會坐上那輛死亡快車。可是，婚姻總是有兩個人要負責任的，誰也不知道查爾斯和黛安娜之間全部的故事，他是不是終究沒法愛上這個比他年輕太多的妻子？他們兩個就是合不來。假如他不是王儲，他這一生是否會自由些，是否可以選擇跟誰一起？

榮華富貴不代表幸福快樂，當然，誰都想試試榮華富貴裡的不幸福和不快樂，然後洗盡鉛華，做個普通人。

愛情終歸還是要合得來，勉強遷就又能夠遷就多久？再美的女人也會看厭，也會變老，條件再怎麼好的男人，你也不可能為他卑微到老。卡蜜拉到底有什麼魅力，外人無從理解，估計大部分英國人也不理解，但她可能是這個世上最了解查爾斯的人，比起已經駕崩的女皇伊莉莎白二世，卡蜜拉才是這位孤獨王子的依靠。

當一個人不愛你，你所有的努力都是徒勞的，你做什麼都沒意思，你的委曲求全和低聲下氣看起來就像是諂媚，你的控訴和你的眼淚只會惹人討厭。卡蜜拉為什麼能夠坐到那個寶座上？因為她在查爾斯面前不需要很努力，她只需要在她已故的婆婆和英國人面前努力。卡蜜拉為什麼能夠笑到最後？因為查爾斯再也沒有別人了，她是唯一，她才是這位王子的真命天女。

愛情從來沒有很複雜，只有時間和人。對的人、對的時間，萬轉千迴，始終沒錯過，那就是你的。

別為不合適的愛情留下

只有和合適的人一起，才是過日子，
其他的都只是過程。

曾經死死地想要留住一個男人，後來她終於明白，那時和他分手是對的，他不合適；不合適的人，早晚也會離開，又何苦彼此耽誤？愛到無可救藥的時候，她以為愛情可以克服一切，她看不到她和她愛著的這個男人有什麼不合適，若有的話，只要努力就可以。那時她太年輕，戀愛的經驗太少，不明白兩個人的性格可以不一樣，但是，不能互相欣賞和包容對方就是不合適。

不合適的兩個人可能會熱戀，卻無法走長遠的路。一開始，激情的荷爾蒙遮蔽了戀人的眼睛，你眼中只有他，就像兔子看到新鮮的紅蘿蔔，想像這根紅蘿蔔會很甜美很好吃；他眼中也只有你，就好像貓頭鷹看到黑夜。你們看到的全是對方的好，也盡量展示自己最好的一面。當激情漸漸退去，離開了你們兩個之前天天翻滾的那個被窩，一雙腳踏入尋常生活，兔子才發現那根紅蘿蔔原來是假的，貓頭鷹也發現牠看到的不是黑夜，而是一片烏雲，結果，大家都失望了。曾經以為很聊得來的兩個人，後來已經沒有什麼可以聊，所謂的聊得來也許只是愛欲的費洛蒙作怪，甚至只是一場幻覺。

當真實的自己逐漸浮現，也是考驗大家的時候。他以為他愛的是個獨立爽朗的女孩子，你卻是個喜歡依賴，需要照顧又沒安全感的女孩。你有戀父情結，他卻有戀母情結，大家都找錯人了。他不喜歡被女朋友管束，你卻要他每天報告行蹤。他不喜歡撒嬌的女人，你卻認為所有男人都希望女朋友對他撒嬌。你喜歡有自信的男人，他卻受不了你和其他男人來往，哪怕那些只是你的好朋友和同事。當初走在一起的時候有多麼盲目和衝動，後來就會發現兩個人有多麼不合適，到了這一步，只能找個理由撤退。

不幸的是，對方首先撤退，「你很好，但我們不合適」這句話，他搶在前頭說了。你本來沒那麼愛他，但他首先不愛你，這讓你相信你比自己以為的更愛他，你捨不得放手，死死地求他留下來，你會努力變成他認為合適的那個人，你哭著說：「我以後再也不會這樣愛一個人了。」只是，到了這一刻，一切都顯得那麼卑微。

直到後來，你遇到另一人，你們一起是那麼自然，在他面前，你可以做最真實的自己。他缺點不少，要是別的人有這些缺點你是不肯包容的，這些缺點在他身上你卻可以有時微笑有時生氣，抱怨他怎麼老是這樣子、老是不肯改。同樣是喜歡把東西亂放，同樣是不洗澡就上床睡覺，你卻愛這個男人而不愛另一個，你會為這個男人收拾他亂放的東西而罵另一個男人，這就是合適和不合適的分別。只有和合適的人一起，才是過日子，其他的都只是過程。

寫在後來

所有走不下去的，無論當時還是這一刻，縱有千百個理由，實際的理由只有一個，就是不合適。

從相親相愛到形同陌路的兩個人，為什麼走不到最後？所有的事後檢討終究是沒意思的，那些曾經可以補救的時刻顯然已經永遠錯過了；你得承認，兩個人之間，沒有對錯，只是不合適。

離開婚姻，你就自由了

在追求夢想的路上傷痕累累，
總勝過在婚姻的牢籠裡長夜寂寂。

楊紫瓊的前夫在楊之前有過一段婚姻，這位前妻也是姓楊的，是香港紡織大王的長女，後來接掌家族事業，是一位很能幹很出色的女子，兩個人育有一個女兒。許多年前，我在報紙上讀過她的一篇訪問，記者問到當年離婚的原因，這位爽朗的女子笑著說：「他很好，我們真的沒什麼，就是在家裡吃飯的時候我習慣拿著盤子一邊吃一邊走來走去，我會從廚房一路吃到飯廳，而他是會安安靜靜坐在那兒吃飯的人。」

前夫的第二段婚姻僅僅維持了三年，據說是楊紫瓊不習慣婚後的生活，她不願意只做富商的太太，寧可放棄婚姻而不是放棄自己的事業。她的選擇是對是錯，今天已經很明顯了吧？

這位離了兩次婚的先生第三段婚姻非常美滿，太太為他生兒育女，這位出身富裕的女子每次出現在人前的打扮也是一絲不苟，她好像一直都不會老。

有的女人適合婚姻，有的女人不適合，就像有的人喜歡喝黑咖啡，有的人喜歡喝拿鐵咖啡，無所謂對錯。當你了解自己，你會越來越知道自己需要什麼；當然，有些人是通過婚姻才知道自己原來不適合婚姻。

婚姻需要的不是激情，更不是服從和妥協，而是支持、鼓勵、聆聽和理解。激情何以度餘生？單方面的服從和一味的妥協，有什麼幸福可言？不幸福又為什麼要結婚？婚姻需要的是你明白我需要什麼，你也支持我。一個十五歲就獨自飄洋過海到英國求學的女孩怎麼會甘心只做別人的太太、把自己的天賦和夢想擱在一邊而為一個人守在婚姻裡？不是說婚姻有什麼不好，只是，有些婚姻真的是不適合。

楊紫瓊現在的法國男友在她身邊十九年，每天都向她求婚，而她每天都擔心自己會不會答應。拍一部戲，往往就是一年半載，甚至幾年，有時候甚至要離家很遠，見不到男朋友和女朋友，也見不到家人，可這就是演員的生活。能夠陪在楊紫瓊身邊十九年的一個男人，付出了多少理解和支持？

年輕時我們總以為浪漫是對方做了一些我們意想不到的事，後來才明白，浪漫是有個人願意為了成就你而忍受你不在身邊的孤獨，他願意看到你走得更遠，他願意看到你振翅飛翔。

在婚姻裡做自己，從來不是一件容易的事。當你每次想放下他去做自己喜歡的事，也不禁心中有愧。你知道他雖然沒有阻止你，但他心裡不喜歡，你問自己：「假如我那麼想要自由，當初又為什麼要結婚？」那到底要不要做自己？然而，當你一次又一次遷就他，日子長了，你也許會覺得不幸福，你反問自己：「這真的是我想要的嗎？那我的夢想呢？」

今年六十一歲的楊紫瓊在奧斯卡頒獎臺上高舉手上的小金人說：「女人，永遠不要讓任何人說你盛年已過。」我想說：「女人，永遠不要讓任何人說你什麼時候應該結婚。」當你遇到那個支持和理解你、那個給你自由、那個讓你做自己、明白你的付出、讓你去追夢的男人，你再考慮要不要嫁給他吧。在追求夢想的路上傷痕累累，總勝過在婚姻的牢籠裡長夜寂寂。

我和你，誰都沒說謊

地久天長，我盡量把你想得好一點，
拜託你也把我想得好一點，而且不妨把我想得比你好。

你應該早就明白這個道理吧？那就是明明是同一件事情，大家的記憶、看法和感受可以有很大的差別。最簡單的例子是你記得是他首先追求你，可在他的記憶裡卻是你首先追求他。明明是你首先提出分手，他卻說是他首先說分手。明明是他首先不愛你，是他愛上了別人，他卻說是你首先不愛他，是你首先對他冷淡，他才會跟別人一起。到底是誰對誰錯，誰的記性更好，誰的記憶較為可靠，到頭來已經不重要了。

不是說記憶會騙人，而是人總是從自我出發，也總是用自己的眼睛丈量世界。我和你，誰都沒說謊，只是選擇的記憶不一樣，觀點和角度也不一樣，所以，爭吵是沒意思的，各自擁抱自己的想法便好。

你說，跟他一起十年了，最後還是沒有任何結果，他從來沒有答應你什麼，他只有最初那幾年對你不錯，這幾年對你都不好，你留下來，只是因為當初那份感情，只因為終究是不捨。然而，假如有個人問他這十年的生活，他說的多半是另一個版本。他會說這十年來他對你很好，他為你付出了很多，他本來可以過另一種人生、一種和另一個女人的、比現在快樂和幸福的人生，但是，他選擇留在你身邊，因為他答應過會對你好，他答應過不會離開，會一直照顧你。他為你付出那麼多，你卻竟然恨他。

戀人如是，朋友如是，夫妻如是，甚至親人也如是。真相是什麼？你所相信的就是真相。你抱怨家人不懂感恩，不知道你對他們的好，可是，他們也同樣抱怨你要求太多，抱怨你斤斤計較，抱怨你不念親情，甚至抱怨你有錢之後總是對家人擺出一副高高在上的姿態。受你恩惠和照顧的人真的會時時刻刻從你的角度出發嗎？就算心裡明明知道你的付出，他們也許會認為既然是親人就不應該計較，要求他們感恩是你把你對他們的好當成是施捨。

明明相愛的兩個人，到最後為什麼會走到盡頭，而且互相指責和怨恨彼此？

因為你不是我，我也不是你。無論我們曾經多麼愛對方，我們終究是兩個獨立的個體，不可能全然了解對方。

假使兩個人想的完全一樣、記憶也完全一樣，又怎會吵架？直到一天，我們吵起來才發現原來你是一直這麼想的，原來我在你心目中是這樣的人，原來我對你的好你全都當作理所當然，明明是我包容你、遷就你，原來你覺得這麼多年來是你在包容和遷就我。然後，每一次吵架我們會有更多新仇舊恨，他說已經過去的不要再提，你說你當然不想我再提，因為錯的是你。他說你煩不煩，你說我也不想煩你，願你這輩子再也沒有人煩你，等你孤獨終老的時候你會知道我的好。

有的人吵架之後會懂得珍惜，有的人吵著吵著就散了。愛一個人，就是接受我們有很多的不同，卻也有很多的相同，譬如說，你喜歡的我也喜歡，你討厭的我也討厭，你嚮往的生活我剛好也嚮往，你愛的城市我也愛，唯願餘生也如是，地久天長，我盡量把你想得好一點，拜託你也把我想得好一點，而且不妨把我想得比你好。

姐弟戀是最舒服的戀愛方式？

姐姐要的只是你的陪伴和聆聽，
她從來沒打算跟你走到最後。

朋友的弟弟G大學畢業之後一直是個做著多重職業的斜槓族，既是編劇和室內設計師，也作曲、寫歌詞、寫影評，還客串做調酒師，只是，大部分時間他都不工作。愛情方面，他同樣是個斜槓族，常常同時跟幾個女人交往。這些女人年齡都比他大，也隱約知道他有其他女朋友，但她們不介意。她們都是超過三十五歲、工作忙碌的專業人士，收入優渥，個性獨立，有的離過婚，有的離婚後一個人帶著孩子生活。

這些女人和G不是一夜情，卻也不是固定的戀人，他們不常見面，空閒時會約出來玩，是飯伴，也是旅伴。他們住在同一個城市，只要彼此有需要，他們會一起度過一個寂寞的漫長的夜晚。

G很享受這種關係。他是個有趣的人，電影、音樂、設計，所有時尚的東西，他全都懂一點點，他能言善道，嘴巴很甜，很有紳士風度，喜歡為女士服務。姐姐們都喜歡這個小弟弟，覺得和他一起很舒服，很好玩，沒有壓力，也不需要承諾，兩個人見面的時候純粹風花雪月、短暫的互相陪伴。何況，這個弟弟看來是打從心底喜歡姐姐，他總是遷就姐姐的想法，陪姐姐做姐姐喜歡的事，他也願意聆聽。那些成熟的、有事業的男人才不願意花時間聽女朋友說心事，他們既沒有耐性陪女朋友逛街買衣服，更沒有心思幫她們決定哪一個包包她們背起來更好看、哪一雙鞋子的款式永恆些和更值得買。

那些成熟的男人不肯做的事，弟弟們都樂意去做。所以，和G交往的幾個姐姐一點都不介意他沒有固定的工作和收入，這樣反而更好，他沒有事業心和固定的工作，那就隨時可以陪她們。既然沒打算和他有長遠的關係，他會不會賺錢，她們也毫不在乎，她們甚至願意時不時給他錢花。這些有經歷的女人早已經厭煩了那些成熟男人的大男人主義，她們更享受單身的生活，也更明白自由的可貴。單身久了，她們反而不習慣時時刻刻有個男人在身邊，有時候還得勉強自己去遷就他。

弟弟又為什麼喜歡和那些比自己年長五年，甚至十年的姐姐談戀愛？G真心喜歡每一個曾經和他共度一段時光的姐姐。姐姐們來來去去，舊的走了，新的又來，的確，有那麼一兩回，他因為某個姐姐不再出現而有失戀的感覺，然而，比起那些年紀小的女孩子，他更喜歡和成熟的女人戀愛，她們見過世面，她們不像那些小妹妹那樣總是對男朋友有很多要求和期望，不是嘗試管束男朋友就是責怪男朋友沒有上進心。她們有時太黏人，甚至有天心血來潮突然嚷著要結婚，但姐姐不會，姐姐不黏人，姐姐不需要承諾，也不需要你送她禮物。姐姐沒有公主病，姐姐對弟弟比較有耐性，姐姐不會想跟你結婚，她要結婚也不會找你。姐姐不要求你有房子，不要求你有事業心，也不會要求你帶她見你的父母，她才不要跟你回家見你爸爸媽媽。

姐姐要的只是你的陪伴和聆聽，她從來沒打算跟你走到最後，她只想有個人，有個人讓她感覺年輕，有個人告訴她歲月沒有在她身上留下多少痕跡，有個人給她戀愛的感覺，有個人陪她度過某些孤獨的時光卻也不糾纏。

這些聰慧的女人早就明白一個道理：鞋子絕對會有一些永恆的經典款式，但愛情卻是她們不敢確定的，她們已經很難再去相信「我會永遠愛你」這句情話；儘管這句情話在許多年前曾經打動過當時年少的她。

愛恨情仇終會落幕

一別兩寬，愛恨都付笑談中，
這才是人生的境界。

離婚夫妻公開撕破臉、該離未離的夫妻在電視節目上互相抱怨，這兩臺戲好看嗎？假如你是觀眾，你覺得無所謂。你是主角的話，一段日子之後回望今天所做的事和說過的話，會不會後悔？會不會笑話自己？

愛恨情仇終會落幕，做過的蠢事和說過的蠢話卻很難抹掉。

我們愛一個人的時候，是不顧一切，也毫無保留地付出，那一刻，你深信對方是唯一一個和最後一個，他也這麼想；只是，後來一切都變了。「君子交絕，不出惡聲」，但愛情和婚姻從來不是君子之交。愛得越深，恨的時候也恨得越狠。一人心裡想：「我忍了那麼多年，今天我必須要說出來。」另一人卻在心裡想：「天啊！是我一直在忍你、在縱容你。」相愛的兩個人尚且會有不一樣的想法，又何況是不愛的時候？

一位知名女人在分手後從不放過任何機會公開罵她的前男友，就連分手那天他在兩個人的家裡帶走了哪些貴重的東西也一一羅列出來。她恨他出軌、恨他浪費了她十多年的青春，更恨他首先離開她，從來就沒有男人首先不愛她。可是，一直以來，只有她一個人在罵，對方一句話也沒回應。這代表什麼？這代表分手之後活得不好的是這個女人。假如她活得好，她才不會不停罵他。這個男人離開之後，她形單影隻，再也找不到一個那麼疼她的男人。失去他之後，她的人生也失去了光芒。

不是不愛才會撕破臉，而是不幸福和不快樂才會不介意撕破臉。誰會願意把自己變得難看？有些人為什麼必須公開吵架、抱怨和互相攻擊？無非是希望大家都站到他這一邊來，他想告訴大家，他才是兩個人之中的好人、他是有情有義的那個人、他是受委屈的那個人，他也是被誤解的那個人。這樣有用嗎？所謂「大家」，不過是路人甲、乙、丙，是來看熱鬧的。

得失寸心知的境界有那麼難嗎？一直糾纏、一直不放手，以為是毀滅對方，毀滅的其實是自己。所有的恨裡面，難道沒有一絲深深不忿的愛嗎？你恨一個人的時候，也是把分手後的不如意全都歸咎給對方。活得比較好的那個人，早就放手了。

對一個人全無感覺，他的生死與我無關，他連被我恨的機會都沒有，這才是不愛。不愛了，也就沒有情仇。

談一段愛恨糾纏的愛情有多累啊，婚姻就更累了。轟轟烈烈只是一時的迷失，甚至是某段時間的神智不清。後來的一天，當你想起往事，想起那時的自己和跟你一起瘋癲的那個人，你懷念的是曾經的青春。一別兩寬，愛恨都付笑談中，這才是人生的境界。

寫在後來——

轟轟烈烈的愛情若無法歸於平淡，終究會灰飛煙滅。

「不糾纏了，由它去吧。」這是人生最好的修行，卻又不知道何年何月才做得到。

當你數落曾經愛過的人，你數落的也是自己當時的無知和愚蠢。曲終人散，該落幕的，就讓它落幕吧。

當戀愛腦遇上搞錢腦

有些女人分手時要錢，並不是真的想要錢，而是不甘心。

你真的不得不佩服傳媒大亨梅鐸，四結四離，八十五歲之齡再婚，娶了當時比他小二十六歲的過氣超模霍爾，當大家以為這是老爺子最後一次結婚，沒想到這段婚姻只維持了六年。梅鐸剛剛又離婚了，而且和上次跟鄧文迪離婚一樣，是他主動的，事前沒有任何動靜。

霍爾不像當年的鄧文迪，她不是灰姑娘，嫁給梅鐸之前，這位遲暮美人早已經富到漏油。梅鐸不動聲息，只用電郵通知霍爾說他要離婚，連見面說句話都省掉，據說霍爾心碎了，她向身邊好友表示，她仍然深愛著梅鐸。心碎的女人接下來做什麼呢？答案是找律師談贍養費。

富如梅鐸，肯定簽好了婚前協議，梅鐸婚後慷慨地送給霍爾價值兩億多美元的蒙大拿州牧場和泰晤士河畔一座價值一千多萬英鎊的豪宅，還有結婚時無名指上那顆比天上星星更亮的鴿子蛋，除此之外，霍爾這次離婚能拿到手的錢應該不多。沒人知道霍爾是想著能拿到多少就拿多少還是心裡不服氣，畢竟，被九十一歲的老男人狠狠甩掉太讓人生氣了，老娘年輕時顛倒眾生，從來只有我不要的男人，沒有不要我的男人。我在想，霍爾想要贍養費是不是還有第三個理由？梅鐸對霍爾一直避而不見，唯有追討贍養費，霍爾才有機會在法庭上見到這個男人。

戀愛腦和搞錢腦很少會在同一個人身上出現，梅鐸是個例外，六年前剛結婚的那會兒，他發了一條推特，是這樣寫的：「我是世上最幸運、最幸福的人。」而今，這個一度是世上最幸運、最幸福的人不幸福了，他寧可恢復單身。當年，他為了娶鄧文迪，付出天價贍養費給第二任太太安娜，那不是戀愛腦又是什麼？他終究是愛過他要娶的女人，可是，一旦不愛了，老頭子馬上搞錢，無比冷靜，也十分絕情。

贍養費不就是分手費嗎？唯一不同的是，贍養費是法律承認的分手費，不到你不給。我的小友安安是個徹頭徹尾的戀愛腦，從她和前夫戀愛開始，她就把每個月大部分的薪水都交給他，她說，前夫比她會管錢，她把自己整個人都交給他了，錢也交給他，那就是把自己的餘生交給他。可惜，餘生不長，只有十六年，離婚的時候，她不要他一毛錢，房子也讓給他，自己搬到一個小窩去住，朋友都說她笨，可她不覺得，餘生，她養得起自己。她一個人過得好好的，她不留戀這個男人，她愛的這個人後來她都不認得了，她知道前夫個性吝嗇，她要錢的話，他肯定不願意離婚，只會一直在外面玩女人。她寧可不要錢也不想跟他為了贍養費糾纏下去，她再也無法忍受和他住在一塊。錢不要了，前夫當然樂於離婚，兩個人從此各不相干，她終於可以活得像自己，也無愧於自己。

分手的時候，到底要錢還是不要，這是個永恆的難題。一個女孩子告訴我，她和男友同居十年，住在男人買的房子裡，男的一直不願意結婚，兩個人常常為這件事吵架，感情變了，他提出分手，說會給她一點時間搬走，這等於是下了逐客令。但是，他願意給她一筆錢，這筆錢足夠她用許多年。他不是富有的人，只是賺錢比她多。這個女人和他一起十年，也不年輕了，她為他耗費了十年青春，假如青春有個價，他想為她的青春買單，這就不欠她什麼。身邊的朋友都勸她拿錢走人，用這筆錢做首付買房，將來房子升值，她會有更多的錢。可她不聽，她以為不拿錢就不用走人，甚至會因為不拿錢而感動這個男人，讓他知道她有多愛他。最後，她是錢沒有，人也沒有。我不知道她有沒有後悔，只知道男人提出分手的時候已經有別人了，那個女人一直等著搬進來。

愛情和婚姻裡，是戀愛腦占上風還是搞錢腦占上風？是誰活得明白些？活得明白些是否就快樂些？戀愛腦是注定吃虧嗎？還是戀愛腦注定成不了搞錢腦？錢是每個人都需要的，否則無法過日子。愛情和麵包，我們早就知道麵包是自己賺的好，愛情你給我就是。愛一個人，即便分手，也不想為錢撕破臉，有些女人分手時要錢，並不是真的想要錢，而是不甘心。有些男人分手時不肯給錢，是心中不忿，當然也是吝嗇。有的女人心裡想著：「人沒了，錢也好。」或者：「愛沒有了，那我要錢。」情在，錢是禮物，是安全感；情逝，錢是不甘心，是報復，這樣的報復卻終結了所有美好的回憶。

寫在後來

比起有錢的你，我自己有錢，我會更有安全感。

女人不要想著嫁一個很有錢的人，他的錢是他的，只有他這一刻對你的好才是你的。

問題不是他有多少錢，而是他給你多少。

有些女人一開始想要錢，後來想要愛情；有些女人一開始想要愛情，後來卻也想要錢，到頭來，她們得到最多的，是痛苦和困惑。

毛姆在《人性枷鎖》裡寫道：「人追求的當然不是財富，但必要有足以維持尊嚴的生活，使自己能夠不受阻擾的工作，能夠慷慨，能夠爽朗，能夠獨立。」除了能夠慷慨，能夠爽朗，能夠獨立，作為女人，自己有錢，你能夠拒絕，也能夠遵從自己的內心去愛。

找個人湊合著過日子，會後悔嗎？

該走的路你已經走過，愛過的人已經在別人的人生裡，你就不可以自私一點嗎？

時間有多重要呢？眼看已經四十一歲了，以前談的幾段戀愛全都無法走到最後，曾經是最愛的那個前任，和他一起六年，他就是不肯結婚，老是說一紙婚書不代表什麼，你催婚催到自己都累了，那就散了吧。可是，分手不到一年，他卻跟一個比他小十二歲的年輕女孩結婚，說是對方有了孩子。一直想要孩子的人不是你嗎？一直說不喜歡孩子的人不是他嗎？你不後悔愛過這個人，也不後悔分手，你只後悔自己太老實，不是個心機女人，一起六年也配合著他不要孩子。這個時候的你，只想找個人結婚，然後有自己的寶寶，你太想要孩子了，再老一點也許就生不出來。這個時候，剛好有個男人路過，而且和你對上眼。

在你想嫁人的時候，他剛好出現。他不是你曾經夢想的那種男人，他不是那個「於千萬人之中，時間無涯的荒野裡，沒有早一步，也沒有晚一步……」的你一生的最愛，他也不是「前世五百年的回眸才換來今生的擦肩而過」的那個人，他只是剛好趕上了。就在你覺得累了，不想再談沒結果的戀愛了，只想安定下來，想要生孩子的時候，他正好對你回眸。

假若你比現在年輕十年，你不會選擇他，甚至不會看上他，他的條件比不上你每一個前任，可是，前任就是前任，回不去了。你在心裡列了一張關於他的單子：他是個好人、工作穩定、收入不錯、略有積蓄、有自己的房子、他長得不難看、他愛你比你愛他多很多，最重要的是，他肯和你結婚。

你心裡想，和他湊合著過日子應該是可以的，既然他愛你遠遠超過你愛他，婚後他會願意遷就你，他會照顧你和你們的孩子。他不是和你轟轟烈烈的那個人，可你已經嘗試過轟轟烈烈的愛情，你再也不會有那種幻想和嚮往了。

夜闌人靜的時候，你曾有片刻悲涼之感，對遲暮的悲涼、對沒有嫁給愛情的悲涼、對自己終於想著找個人湊合著過日子和過餘生的悲涼、對自己害怕單身和害怕孤獨終老的悲涼……然而，這個選擇又有什麼錯？大部分人不都是這樣嗎？

那些嫁給愛情的女人真的可以永遠擁有愛情嗎？做人實際一些有什麼不好？面對現實難道不是更勇敢嗎？

該走的路你已經走過，愛過的人已經在別人的人生裡，你就不可以自私一點嗎？眼下這個人不是最好，他當然不知道你是這麼想的，可他也算是你喜歡的，他是不討厭的，他睡在你身邊你是可以接受的。歲月漫長，說不定有一天你會比現在愛他，畢竟，他是在最適當的時間出現，早一步的話，你不會選擇他；晚一步的話，他已經是別人的了，再也跟你無關。

此時此刻，他剛好來到，也剛好回眸，而你在，就這樣吧，不後悔便是。

離場的時候，寧可咬著牙微笑

也不要讓你看到我的嘴唇在淌血。

A小姐的前夫對她很慷慨，她離婚後住的房子是他送的，他給她的那張沒有限額的附卡也沒有收回來；她看到中意的東西，只要跟他說一聲，他會說：「買吧，我送你。」她反倒不好意思買。有一種前夫是這麼不計較，這跟愛與不愛、有錢沒錢沒關係，即便是很有錢的男人也會斤斤計較。他對她的早已經不是愛，而是憐惜。當初是她要離婚，他沒做錯什麼，對她很好，錢也任她花，所有人都不明白她為什麼離婚，只有她自己知道，她不曾愛過這個男人。

她本來可以試著愛他或是假裝愛他，把這些日子過下去，做一個人人羨慕的闊太太。然而，有一天，她突然發現，她再也無法欺騙自己，她不想為眼前安逸的生活辜負自己。後來她找到愛情嗎？她愛過幾個男人，卻沒有一個長久。當她沒那麼年輕了，她才明白她追尋的那種愛情也許是不存在的；事實上，她根本不知道自己想要什麼。前夫對她的憐惜和照顧，是因為他比她了解自己，他知道這個從來沒愛過他的女人想要的東西是這個世界上沒有的，而她所渴望的燦爛人生終究會讓她失望和孤單。

這樣的丈夫或者前夫，誰不想要一個？你不愛我，但我永遠守候在你身邊。愛情和婚姻，一旦走到盡頭，唯有不計較的人可以體面離場。

只是，永遠的守候也有疲累和曲終人散的一天；就算他不覺得累，有一天，你也許會恨一個這樣的前夫，恨他太完美、恨他讓你覺得自己是個壞人。

結婚的時候，誰也沒想過要分開，人生卻總有難以預見的波濤。V小姐的故事和A小姐剛好相反，離婚之前，她偷偷清空兩個人聯名戶口裡所有的錢，離婚時，贍養費她也沒有少要一分，她認為這是她應得的，是前夫對不起她，她必須懲罰他，不讓他過得好。他們為錢吵過一次又一次，雙方的律師都不肯放過對方。這樣的兩個人後來會怎樣，也是可以預見的。前夫對她僅有的內疚沒有了，而她除了那一點點錢，什麼都沒有，孩子也恨她太愛錢。她其實沒那麼愛錢，只是，沒有了婚姻，她以為唯一可以牢牢抓在手裡的只有錢。

C小姐又是另一個故事，當時年輕貌美的她嫁給了相戀多年的富家子，兩個人曾經有過一段美好的婚姻生活，卻終究敵不過時間。富家子身邊不乏比她更年輕、更貌美的女子，她只好黯然退場。離婚後，前夫每個月給她一大筆贍養費，沒想到，這筆錢卻害了她。她遇過幾個很好的男人，都曾向她求婚，可是，每次一想到再婚的話會失去前夫每個月給她的贍養費，她就捨不得放手，那可是一大筆足以讓她過著優渥生活的錢。最後，那些男人不等她了，前夫也早已經再婚，那筆錢對他來說只是個小數目，她卻為了這筆錢蹉跎歲月。當她想結婚的時候，身邊已經沒有那麼好的男人了。為了每個月拿到手的錢而放棄幸福，又何嘗不是不體面的離場？

我們都說要經營好愛情和婚姻，卻忘了最好的經營是首先經營好自己，你足夠好，其他的也會變好。而無論你有多好，愛情和婚姻始終是「四手聯乘」，就是說，這是兩個人的合作，只有一個人的一雙手是做不到的，也太孤單了。當愛情和婚姻已成過去，好好離場就是這一路走來對自己的經營，到了那一天，唯願我們可以優雅地離去。

寫在後來

因愛一起，因財了斷，那是多麼難看的結局，沒有一部令人懷念的好戲會選擇這個結局。

離場的時候，寧可咬著牙微笑，也不要讓你看到我的嘴唇在淌血。

人死如鯨落？
還是只是伴隨著肉身墜落的一聲嘆息？
唯願這輩子的每一次墜落
都是落在你的懷抱裡。

餘生，是一個人回家還是等一個人回家？
我希望是後者。
餘生的每個夜晚，
等你回家的是一盞暖的燈？
抑或是愛的人的懷抱？

Chapter 4

曾有一個人，如此愛我

對不起。我愛你。再見。

我心裡永遠有你的一席之地，
今後餘生，我們都要幸福。

你聽說過「鯨落」嗎？最近在凱特琳．道堤著的《煙霧迷漫你的眼》一書裡讀到一段美麗的「鯨落」故事。一頭今年六十五歲，身長五十五英尺，體重超過三十六噸的灰鯨在加利福尼亞州海岸十幾公里的海域死去。牠死後身體裡的肌肉和蛋白質不斷分解，內臟逐漸腐爛成液體，由此產生的腐敗氣體越來越多，最終填滿了鯨魚的脂肪外層，把牠變成一個在海上漂浮的屍體氣球。灰鯨的皮膚很強韌，這個氣球因此沒有撐破。當氣體逐漸排出體外，灰鯨也慢慢沉入水中，落在大約一公里深的海床上。

灰鯨並不是就這樣永遠安息在海床上，而是成為一場盛宴。睡鯊、八目鰻、螃蟹、銀鮫會來吃牠的肉，牠們一天最多能吃掉一百三十磅肉。當灰鯨的肉終於被吃光了，鯨骨裡一種名為「噬骨者」的蠕蟲會直接鑽入骨頭吃掉骨髓中的油和脂肪。「噬骨者」在每平方米的鯨骨上約莫有四萬五千條，牠們每一條都會吃得飽飽的。

這場熱鬧的盛宴將會持續數十年，海洋生物學家稱之為「鯨落」。跟人類的死亡相比，鯨落是否壯麗許多？即便是再風光再奢華的葬禮，似乎也無法跟灰鯨的葬禮相提並論。

作為職業殯葬師，作者以她的專業知識告訴讀者，一英畝的土壤裡包含兩千四百磅真菌、一千五百磅細菌、九百磅蠕蟲、八百九十磅節肢動物和藻類、一百三十磅原生動物。人的屍體雖然只埋在地面以下幾英尺而不是像灰鯨那樣下沉到一公里深的海床上，但是，一旦你躺下去，這些微生物已經開始工作了。數萬億生活在你身體裡的細菌把你的內臟變成液體，隨之產生的腐敗氣體把你的皮膚撐破，你活著時臉皮即使再厚，到了這時也只能投降。屍體裡裡外外的生物把我們吃掉和重組。最後，我們的肉身與泥土結合在一起。人沒有三十六噸，或許稱不上是一場盛宴，說到底也是一頓好吃的飯菜。

讀到這裡，你對死亡是悲傷難過還是變得豁達？我豁達了，但我討厭蠕蟲。

無論你我，終將回歸大地，也終究會是蠕蟲的囊中物。前幾天，我上了一堂「在家安寧」的課。所謂「在家安寧」就是末期病人選擇在自己家裡、在熟悉的床上、在親人的陪伴下度過人生最後的一段日子。現在越來越多人為自己或者為年老的家人選擇這種方式，比起在醫院冰冷陌生的病床上孤伶伶地離開，這樣的離去好太多了。主講這一課的醫生說，當告別的那一刻來臨，病人的親人可以對病人說三句話，那就是：「對不起。我愛你。再見。」

在病人的心裡或是記憶裡，你總會做過一些對他不好的事，所以，你要說「對不起」。他要走了，你的「我愛你」現在不說，還要等到什麼時候？假如你信上帝，你們會在天國再見。你信佛，六道輪迴，你們來生或許會再見，卻不會認出彼此。要是你沒有宗教信仰，再見的意思就是再也見不到了。

這三句話為什麼不是病人對親人說呢？反過來也一樣吧。我要走了，「對不起。我愛你。再見。」要是我曾經傷害過你，辜負過你，請原諒我。我不能陪你走到最後，對不起。

「對不起。我愛你。再見。」也不一定只能等到告別人世的那一刻才說。分手的時候，是不是也可以對曾經深愛的人說一聲「對不起。我愛你。再見。」？

我們無法走到最後，成不了眷屬，但是，我心裡永遠有你的一席之地，今後餘生，我們都要幸福。如此多好。

寫在後來

人死如鯨落？還是只是伴隨著肉身墜落的一聲嘆息？唯願這輩子的每一次墜落都是落在你的懷抱裡。

年輕時，總想著要死在前頭，這樣最幸福了。漸漸老了，卻再也不想死在前頭，這樣才可以為他做好最後一件事，不要看到他傷心難過，也不要留下他一個人。沒有我，他雖然自由，卻會孤獨。

當那一天來臨，我不想落在海裡，也不要埋在冰冷的墓地裡，請把我放到一棵銀杏樹下，成為樹的養分。銀杏樹多美啊，兩億年前就已經生成。秋天，銀杏樹結果，黃葉飄落的時候，你來看我，再跟我說一遍：「對不起。我愛你。再見。」也許，我會聽到。

愛情裡真的有落子無悔嗎？

一路走來，哭過笑過，落子無悔，
不是因為我們聰明，我們只是幸運。

你曾經死死地抓在手裡的那段愛情，後來怎樣了？

日本一個化名日菜子的女孩在十八歲高中那年愛上了自己的老師，她不顧父母反對堅持這段師生戀。她說，那時候，她以為自己是偶像劇的女主角，老師是她的真命天子，為了愛情，她可以不顧一切，也不理會世俗的目光。畢業後，她放棄升讀大學的機會，嫁給老師。為了這段婚姻，她斷絕了跟父母的關係，丈夫的父母也不喜歡她。

婚後第四年，她生下第一個孩子。這時候，她過去的同學剛剛大學畢業，準備出來社會做事，她卻孤伶伶地在家帶孩子。丈夫的父母終於接受了她，但是，在他們眼中，她只是那個生下孫子的人。剛結婚時，雙方父母都曾經到他們家裡大吵大鬧，鄰居此後也不跟他們來往。

為了跟老師戀愛，她當時疏遠了所有朋友，老師也因為跟學生戀愛，被認為是一個會對學生出手的差勁的老師，今後決不可能升職。

今年二十五歲的她，過著平淡枯燥又孤單的生活，她說，這段愛情把她推向了人生的深淵。

愛情裡真的有落子無悔嗎？有的人嘴裡說無悔只是不肯認輸，有的人說無悔是知道後悔是沒有任何意義的。歲月漫長，曾經轟轟烈烈的那些愛情，一旦落入尋常日子，終究會憔悴老去。

我那個曾經愛上自己中學老師的朋友說，那是她一生做過最愚蠢和最噁心的事。自小缺乏家庭溫暖的她，以為老師是她的救贖。他的年紀可以當她爸爸，可他是學校裡最有魅力的老師，他對她跟他對其他學生不一樣，他上課時喜歡調侃她、拿她開玩笑，可是，他私底下很關心她，會帶她去外面的餐廳吃飯，吃完飯會送她回家。明知道他已經有女朋友，可她情不自禁地愛上他，為了他，她可以什麼也不要，她相信這個男人是愛她的，這個人對她的愛，超越了世俗的一切，是身邊所有人不可能理解的。當他終於對她出手，她天真地以為他會為她拋棄所有，後來她才知道，她並不是他第一個出手的學生，他愛的不是任何一個女孩，而是她們年輕的身體。

當你年輕、涉世未深而又渴望戀愛，那個比你成熟、地位比你高、對你很特別的男人很容易就能夠得到你的信任。他是你那一刻只能仰望的人，而他竟然為你俯首低頭，你以為這就是愛情。

日菜子的老師後來跟她結婚，她看來沒有遇到騙子，可是，她終究後悔了。假如沒有愛上他，她的人生會否不一樣？她是不是會升上大學，像她過去的同學那樣，畢業後擁有自己的事業、人生和新的生活圈子，然後戀愛？

也許，今天我們愛著適當的人、愛上一個好人，他愛我，我也愛他，一路走來，哭過笑過，落子無悔，不是因為我們聰明，我們只是幸運。

寫在後來

人生是否不該回首？有那麼一刻，一回首就後悔了。
所有的不顧一切，也許只是年少無知。

情義的界線

情義怎樣去用，是一種智慧；
善良若不長眼睛，就是對自己的傷害。

吳孟達生前在一個訪問裡說，曾經有很長一段日子，他最恨的人是周潤發。他倆是無線電視藝員訓練班的同學，兩個人識於微時、感情要好，好到什麼程度呢？周潤發在他家玩到通宵達旦，第二天起來發現沒有可以替換的內褲，吳孟達把自己的內褲借給他穿。

後來，吳孟達憑著《楚留香》胡鐵花一角走紅，紅到臺灣去，在那兒拍戲的時候愛上了賭錢，賺的錢全都敗光光。沉迷賭博的他無心演戲，常常失蹤又欠債累累，從那時開始，沒有人敢找他工作，他像狗一樣到處借錢、到處躲債。當時，他的同班同學周潤發已經是當紅小生，每次他輸光了，都來找周潤發借錢。

終於有一次，周潤發不肯再借。曾經情同兄弟又明明很有錢的好朋友竟然見死不救，吳孟達恨死他了，兩個人從此形同陌路。

然而，也是從那天開始，吳孟達決心戒賭。戒賭之後，他比誰都努力，即便給他的只是一個小角色，他每次也會為這個角色寫一部傳記，好讓自己更了解這個人物。他進攝影棚從來不帶劇本，因為他已經熟讀了無數遍。知道他洗心革面，來找他演出的人也多了，他終於有機會在一部電影裡飾演一個重要的角色，從此之後片約不斷。後來他才知道，他之所以得到這個角色，是周潤發當時向導演極力推薦的。

假如周潤發那天繼續借錢給他，他只會繼續去賭，輸了又再借，不知道哪一天才會醒悟，也許等他醒過來已經太遲了、沒機會了。周潤發狠心不借，他才可以重新做人。知道他重新做人，周潤發只要有機會就向導演推薦他。

情義這樣去用才是對的。

痴心有限期，情義也有盡頭。一切恩情義氣都得有一條界線，劃一條界線，是為自己好，也是為了對方好。

你可以對一個人好，但是，好得沒有界線，等他超過了你能夠負擔或者包容的程度，當你拒絕再對這個人好的那天，他會恨你。對親人、朋友、從前的戀人、前任丈夫或妻子也是一樣。當你回首過去，你也許會感謝那個對你絕情的人，無論他當時的絕情是為自己還是為了你好，你也因為他的絕情而醒覺，知道不該再依靠他，也不再期待什麼。置之死地而後生，才有今天的你。假如他當年沒有劃一條界線、無論如何不讓你越過這條界線，你也許永遠不會醒過來。

情義怎樣去用，是一種智慧；善良若不長眼睛，就是對自己的傷害。

寫在後來

人心永不饜足，給的越多，需索的也越多，直到你不肯再付出或是再也無法付出的那一天，你竟然成為對方眼中那個無情無義的人。

一個人唯一的靈魂伴侶，也許是自己

不如活得清醒些，
找一人，相愛至深，牽手到老。

有一年，在大學裡的一個講演會上，臺下坐滿了年輕的男女學生，我問大家：「生活伴侶和靈魂伴侶，你們會選哪一個？」結果，大部分人選的都是靈魂伴侶。我笑著說：「這證明你們真的很年輕。」

到底有沒有靈魂伴侶？要知道有沒有靈魂伴侶，首先得要證明人是有靈魂的。千百年來，無數哲學家和不同的宗教都談到靈魂，有的宗教甚至認為人死後才有靈魂。要是人死後才有靈魂，那就無所謂靈魂伴侶。

青春年少的時候，誰會要一個生活伴侶？生活好像離我們太遙遠，生活伴侶聽起來也很老氣。戀愛的時候，我們甚至不會去考慮這個人會不會是我的終身伴侶，餘生太長了，誰知道呢？

假設每個人都有靈魂，那麼，所謂靈魂伴侶應該就是兩個人的靈魂契合。那天，我問了幾個同學什麼是靈魂伴侶，她們的答案幾乎是一致的，就是：「我想的也是他想的。」、「我喜歡看動漫，他也喜歡。」、「我們都喜歡去韓國和日本玩。」、「他和我都是吃貨。」、「我倆都喜歡吃火鍋，一星期可以吃三頓火鍋。」、「他和我都愛喝拿鐵咖啡。」我無意說這膚淺或是幼稚，吃貨遇上吃貨畢竟也是緣分，找到一個願意每星期跟你吃三頓火鍋的人跟找到一個志趣相投的人同樣不容易。

我們可以為靈魂伴侶想到很多定義，譬如是精神上的高度契合、可以在人生共舞、心靈相通、願意成就彼此。西蒙波娃和沙特算是靈魂伴侶嗎？那肯定的。他們是最著名的靈魂伴侶。他們相守五十一年，到死也牽手，但兩人從未同居，並容許對方和別人交往，也就是他們所說的開放式關係。

波娃坦言沙特從未在性方面滿足她，她愛他，但她和沙特的身體不合，她跟另外一些男人戀愛和同居。世上有多少這樣的靈魂伴侶？你做得到嗎？你又是否可以接受你愛的人和別人交往、夜裡睡在另一人的床上？靈魂伴侶太難了，或許，唯有擺脫了肉體的羈絆，愛情才會獲得全然的自由。我不和你睡，甚至不跟你廝守，但我愛你，純粹是愛你這個人，我們在精神上互相依存，可以忘卻世俗的所有規範，忘記世俗戀人或夫妻的柴米油鹽與悲歡離合。只有當兩個人超越了肉體關係，甚至結束了肉體關係，才有可能成為靈魂伴侶。

於此生，尋一靈魂伴侶，也許是虛幻的；即使以為找到了，也許只是感覺。

靈魂伴侶通常不會同時也是生活伴侶，你曾經以為的那個靈魂伴侶在生活上多半不能自理，把你變成了他的保姆。當你老了些，你才發現，生活伴侶踏實得多了，要找一個生活上合得來的人，也從來不容易，那不如活得清醒些，找一人，相愛至深，牽手到老。

寫在後來

你曾經相信會是靈魂伴侶的那個人，早已經和另一人過尋常日子。我們高估了所愛之人，也高估了自己，以為自己愛的是靈魂，到頭來才發現，我們愛上的只是一個合得來的人。

肉體容易滿足，靈魂則不然。一個人唯一的靈魂伴侶，也許是自己。

多年以前，那個最單純的你

誰也不知道年少時的一份友情能不能走到最後，
但你會懷念多年以前那個單純的自己。

明知道自己沒有這方面的天分，甚至說不上喜歡，但是，為了陪伴和支持最好的朋友，你也願意硬著頭皮去做這件事情，這是《舞伎家的料理人》最讓我感動的地方。

《舞伎家的料理人》改編自小山愛子的原著漫畫，由《小偷家族》的導演是枝裕和執導。原著我沒看，整部劇集拍得美麗、浪漫、清新雋永，我一邊看一邊回想多年以前一個人在京都的日子，可惜我當時滿腦子想著的是京都著名的豆腐料理和抹茶冰淇淋，沒有認真留心街上的舞伎。看完這部影集，下回再去京都，看的風景應該不一樣了。

《舞伎家的料理人》的故事主人翁是由青森鄉下來到京都屋形學習舞伎的季代和堇。季代和堇是一對青梅竹馬的好朋友，堇一心想要成為舞伎，季代為了陪伴堇，也一起住進屋形。屋形是舞伎的宿舍，舞伎們在這裡一起學習和生活。個性大大咧咧、走起路來像大叔的季代根本不是舞伎的料子，才上了幾堂課，老師便勸她放棄，並且毫不客氣地告訴她，她的朋友堇比她優秀得多。這時的季代只覺得很對不起堇，她答應過要和堇一起成為舞伎，離開就等於丟下堇一個人在京都，堇會很孤單。

季代真正喜歡的是做菜，她做的料理除了好吃，還能夠使人感到幸福和平靜。幸好，就在她收拾東西準備回去青森老家的前幾天，屋形的主持人阿市媽媽發現了她做菜的天分，讓她留下來成為屋形的料理人，也就是屋形的廚師。

雖然不能成為舞伎，但可以陪伴堇、看著堇一步一步努力邁向夢想、成為舞伎，季代覺得這樣很好，也完全沒有不甘心。堇感激季代對她的好，她比誰都了解季代，她告訴屋形的舞伎們，季代從小就是一個永不放棄的人。當她知道季代想要收集菜市場的抽獎券，她也用盡方法去幫季代湊齊。這兩個好朋友，心裡都有對方。

我不知道多年以後季代和菫是否還在同一屋簷下互相照顧，抑或，後來的日子，菫終於如願成為京都祇園最棒的舞伎，季代也成為京都一家著名餐廳的主廚，到時候，想吃到季代做的菜，可能要等上幾個月，只有菫是不需要排隊的。

這兩個女孩，後來會遇到愛情、會結婚，她們再也不會生活在同一屋簷下，卻依然是彼此最好的朋友。

這樣的友情多麼難得和純粹。

你也有過這樣一個年少時的好朋友嗎？為了不使她感到孤單，你願意陪她去做她喜歡的事，當她這一刻似乎過得比你好，你不會妒忌她。當你傷心難過的時候，她會陪在你身邊。你們分享所有的秘密，你們約定將來即使結婚了也要比鄰而居……

誰也不知道年少時的一份友情能不能走到最後，但你會懷念多年以前那個單純的自己。

親情無法選擇，愛情和友情是可以選擇的。愛情可以轟轟烈烈，友情卻是細水長流，有一天，你可能忘記了曾經一起的一個男人，卻永遠不會忘掉那時年少的一個好朋友，那是最純粹的青春和最單純的付出。

我記得，曾有一個人，如此愛我

從今以後，請好好珍惜自己
和那個為了看到你臉上的微笑而送你禮物的人。

快到聖誕節了，從小在教會辦的學校讀書，聖誕節對我來說是美好的回憶，即便我已經不是當年那個小孩子，這個節日依然是我期待和嚮往的。每年聖誕是學校裡最熱鬧的一段日子，假期很長，節目很多，假期前還有一個盛大的慶祝會。在那種氛圍之下，你會相信穹蒼之上是有一個造物主，也就是上帝。我曾相信上帝，倒是從來沒有相信過聖誕老人這回事。

一個穿紅色衣褲蓄著白鬍子的大胖子每年從北歐騎著馴鹿雪橇來到，然後悄悄把禮物放到你床邊，我怎麼可能相信這個故事？我在北歐又沒有親戚。唯一會把禮物悄悄放在你床邊的，只有那個愛你的人。

我曾是那樣渴望收到聖誕禮物，可是，曾經收過哪些聖誕禮物，我現在竟然全都想不起來。禮物的意義是什麼？不過是那一刻的歡愉、幸福和感動，你知道有一個人在乎你，你知道對方心裡有你，他會牽掛你。而今，最好的聖誕禮物，是聖誕夜跟所愛的人在一起。

都說人生有四個階段：我信聖誕老人、我不信聖誕老人、我是聖誕老人、我變成聖誕老人。有人送我聖誕禮物，我當然是高興的，沒有也不會失望。我早已經直接跳過了「我信聖誕老人」的階段，然而，當你老了，有一首詞看來卻像是聖誕版的〈虞美人〉——「少年聽雨歌樓上，紅燭昏羅帳。壯年聽雨客舟中，江闊雲低、斷雁叫西風。而今聽雨僧廬下，鬢已星星也。悲歡離合總無情。一任階前、點滴到天明。」寫的是聽雨，寫的也是人生。這一刻，你是歌樓上那個相信聖誕老人的少年抑或是僧廬下的聖誕老人？

「我是聖誕老人」——這就是我現在的階段。

就算不是聖誕節，我也喜歡送禮物給別人。都說誰誰的心很大，我倒是個心很細的人，會留意身邊的人喜歡什麼。我知道A跟我一樣愛吃花生，B愛吃甜的牛奶巧克力，這個和我不一樣，我喜歡苦的。J喜歡吃黑芝麻，K最近喜歡戴耳釘，S需要一條圍巾，她喜歡玫瑰紅色，Y會喜歡一個電動的黑胡椒研磨器。每次吃到好吃的零食、看到有趣的小東西，我會多買一些送給朋友，並不是說我這個人有多麼慷慨，而是我喜歡看到對方收到禮物那一刻的驚喜和幸福的微笑，知道有一個人把他放在心裡。

收禮物是快樂的，前任送的禮物要怎麼處理卻是個煩惱。把東西還給他，未免太小家子氣了。假如是他提出這個要求，這種男人，你叫他滾吧，你選擇離開他是對的。伊莉莎白．泰勒生前說：「無論我多麼恨一個男人，我也不會把他送我的鑽石還給他。」雖然我很欣賞伊莉莎白．泰勒的「原則」，可我做不到，我也從來沒有收過像她收過的那種價值連城的珠寶。當愛情消逝，那些曾經代表愛意的珠寶又有什麼意義？都不過是石頭。

假如我恨一個男人，他送的珠寶我不會還給他，我會送給別人、扔掉，或者變賣了捐出去替他做點善事積福，希望他餘生不至於過得太慘。假如我愛他，我也不還給他，我得留著，許多年後，當我變成聖誕老人，頭髮花白，又老又胖，到了人生的第四個階段，聽雨僧廬下，鬢已星星，這些禮物是我青春年少的回憶，我記得，曾有一個人，如此愛我。

寫在後來

也許，曾有一個人，並不珍惜你用心送他的禮物，也不珍惜你對他的一往深情。從今以後，請好好珍惜自己和那個為了看到你臉上的微笑而送你禮物的人。

禮物的英文是present，present也是現在的意思。即使沒有禮物，好好享受當下這一刻，不要留在過去，也不要為下一刻煩惱和擔憂，就是你送給自己最好的禮物。

你信聖誕老人嗎？還是你不信？無論你信不信，每一年，聖誕節也會照樣來臨，永不會變老，一年又一年，你和我卻終究會變成老人。

愛・同居

知道你在我身邊，我也就知道我在人間；人間值得，你也值得。

我的朋友溫蒂和菲利普是一對歡喜冤家，結婚多年，獅子座的溫蒂是家中的女王，處女座的菲利普大多數時候都千依百順，可偶然也喜歡陽奉陰違，把他家的女王氣得直想踹他。溫蒂有個夢想，等他們老一些，她再也不要和菲利普住在一塊，兩個人各自住在一個地方好了；但菲利普不能離她太遠，最好是能夠住在她隔壁，這樣她隨時可以使喚他，吩咐他做這做那。菲利普每次聽到女王這麼說，總是一臉不在乎地說：「呵呵，你怎麼不想想這麼多年來是誰在忍受你睡覺打呼嚕？是誰在半夜你喊口渴的時候給你倒水喝？又是誰一大早起床給你做早餐？到時候你可別太想我，你住隔壁，你喊我，我也不過去，我聽不到。」

夫妻做鄰居而不同居，是多少人的理想生活？我的朋友莉莉是個很獨立的女子，多年來習慣了一個人生活，她四十歲那年結婚，婚後第一天就和丈夫分開住，兩個人住得很近，想見面的時候才見面，不見面的時候各自擁有屬於自己的一片空間。我猜想莉莉之所以選擇這個丈夫是因為這個男人願意和她過這種婚後不同居的生活，也享受這種生活。

男人常常抱怨女人不讓他們安靜，不給他們空間，不理解他們偶然熱愛孤獨，女人難道不也一樣嗎？同住的那些日子，某一天的夜晚，家裡只有一個人，女人不做飯，半躺在沙發上一邊看電影一邊獨自吃掉半盒巧克力的時光是多麼寫意。作為一個成年人，無論男女，空間太重要了。

我很小的時候跟爸爸媽媽一起睡，我睡在他們兩個中間，我至今還記得那些夜晚。每晚睡覺的時候，我會偷偷拉住爸爸那件白色短袖內衣的衣角睡覺，確定他就在我身邊，他也不會走開，唯有這樣我才可以放心鑽進夢鄉裡去。雖然我再也不需要偷偷拉住身邊的人的衣角才敢睡，但我的理想同居生活永遠不變，就是兩個人睡一張大床，但各自擁有一間書房。獨處的時候、工作的時候，留在自己的書房裡，不會打擾對方，也不會被對方打擾。書房足夠大的話，可以放一張單人座的沙發，拉開來就是一張小床，工作累了就在這裡睡一會。家裡的浴室分為男主人的和女主人的，這是各自的私密的天地。我有我各種瓶瓶罐罐的保養品、吹風機和洗髮精，你也有你的。

晚上還是要睡在一塊，這樣也就方便我隨時把大腿架在他的大腿上，也可以牽著他的手睡覺，直到睡著了，其中一隻手鬆開了。半夜小腿肚抽筋喊痛的時候，睡在身邊的他會起來為我使勁揉揉小腿，直到我不痛了，他也再次睡著了。一天，當我們兩個都很老很老了，我半夜醒來，會轉過身去摸摸他溫暖的臉和鼻子，知道他在，也確定他明天會醒過來。

愛是夜裡有個人睡在你身邊，而不是睡在隔壁的房子。睡在一塊，聽著你熟悉的鼻息和微微的呼嚕，聞到你熟悉的氣味，知道你在我身邊，我也就知道我在人間；人間值得，你也值得。

寫在後來

餘生，是一個人回家還是等一個人回家？我希望是後者。

餘生的每個夜晚，等你回家的是一盞暖的燈？是聽到你開門的聲音就興奮地搖著尾巴撲向大門的一條小狗？是陽臺上那棵掛滿亮晶晶的小燈泡的聖誕樹？抑或是愛的人的懷抱？

女人是什麼？是在家裡發現壁虎和蟑螂的時候大聲喊你，半夜裡胃痛得翻來覆去卻不想吵醒你，自個兒靜靜地走下床去吃藥的那樣一種可愛的動物。

今後住在一塊，回家的時候再也不用說再見，再也不用看著你離開，這不就是結婚的意義嗎？

餘生，請在我身邊，牽我的手，陪我一起睡去，也陪我一起老去。

願我們都能夠成為那個又富有又相信愛情的少年

當你年少，你才會那樣義無反顧地相信愛情，那樣多好啊。

梅鐸到底有多麼相信愛情和婚姻呢？九十二歲的他又結婚了，準新娘是比他小二十六歲、寡居十四年的史密斯。梅鐸是這樣說的：「我害怕墜入愛河，這將是我人生中的最後一次，最好是。」假如說「男人至死都是少年」，我們也可以說梅鐸至死都是情種。這位富可敵國的情種最厲害的地方是墜入愛河的時候非常痴心，每次都迫不及待把對方娶回家，甚至不惜付出高昂的分手費給前一任的梅鐸太太，可是，一旦不愛了，默多克卻也非常決絕。據說他的第三任妻子鄧文迪和第四任妻子霍爾都是「被離婚」的，這兩個毫不簡單的女人在梅鐸決定離婚之前一直被蒙在鼓裡，當梅鐸決定離婚，她們也別想在簽好離婚協議之前見到他一面。

不得不說，跟那些九十歲時娶一個不到二十歲的女孩的糟老頭相比，梅鐸真是挺優雅的。他是那麼明顯的相信愛情，他愛的都是能夠和他談心的聰慧女子，而不是一個「扶老」的年輕女孩。每一次分手，他都給足了錢。足夠到什麼程度呢？沒有一位前任在法庭上跟他繼續為錢糾纏，她們也不曾公開指責他。

那些像梅鐸一樣富有、或者只有他十分之一的財富的男人才不會那麼輕易再婚。他們不是不會再墜入愛河，而是太清楚離婚的代價了。女人來來去去，夫妻離離合合，這些戲碼在人生中不停上演，誰知道這次結婚是不是最後一次？贍養費卻是一口看不見底的深淵。

我的律師朋友說，他的一個富翁客戶決定離婚的時候問他的第一個問題是怎樣可以少付一點贍養費，那可是和他結婚超過二十年的太太。所以，梅鐸是不是越看越可愛？他多情而心狠，你不知道他會愛你多久，然而，當他不愛的時候，你餘生已經不需要為金錢擔憂了。

王爾德說：「男人結婚是因為累了，女人結婚是因為好奇，最後他們都會失望。」永遠相信愛情和婚姻的梅鐸，應該不是累了吧？一個男人如果累了，也許會結一次婚，或者兩次；結五次的，不但不累，反而是精力旺盛。

這個精力旺盛、一次又一次墜入愛河、始終追逐愛情的男人，才是真正的少年，也至死都是少年；可是，當他發現愛情逝去的那一刻，他馬上又變成一個精明而手段厲害的老頭。也許，他內心討厭的正是這個精明的老頭，只有當他戀愛時，他又變回一個單純的少年。當你年少，你才會那樣義無反顧地相信愛情，那樣多好啊。願我們都能夠成為那個又富有又相信愛情的少年。

我好像在寫一張遺願清單，
寫下自己有哪些朋友想再見，然後盡量多見面。
有的朋友已經許多年沒見了，
有的朋友因為一些誤會而不再來往，
那些所謂誤會，若干年後，已經不重要了。
無事常相聚，那是多麼美好的事兒。

有什麼想做而未做的事、
想見而未見的人，
現在就去做和去見吧。
有沒有一個人，
你辜負過他，甚至欺負過他，
趁著還有機會，那就去償還吧。

Chapter 5
假如歲月教會我們一些重要的事情

愛情的昨天、今天、明天

愛情是百轉千迴的領悟，
是驀然回首的一往深情。

每次被問到「什麼是愛情？」這個問題，我都覺得太難回答了。如果你不懂愛情，我要怎麼告訴你呢？如果你懂，那就不用我來告訴你。這個問題，一千個人有一千個答案，懂愛情之前，先要懂男人和女人，可是，聰明如霍金也說他不懂女人，那麼，誰又懂女人？我們又何嘗懂男人？這兩種互相不懂對方的生物千百年來卻愛恨糾纏，這是上帝跟我們開的玩笑嗎？

你覺得愛情是什麼，它就是什麼。愛情不是論文，你不需要把它交出來給指導老師評分，沒有人會質疑你的論據，沒有它，你還是可以活得好好的，然後某天從人生中畢業。愛情沒有任何指南，得失寸心知，幸福或者不幸福，甜蜜或者苦澀，全都是你說了算。

愛情是什麼，有的人說是陪伴，可是，我們見過太多一起許多年卻早已經沒有愛情的人。有的人說是付出，可是，你願意為之付出的，也可以是親情和友情，甚至是對寵物和陌生人。有的人說：「愛情是我想為你變好，變得有一天配得上你。」這無疑是愛情的力量，但是，沒有另一個人，你也是應該奮鬥的；何況，有的人變好之後反而變了心。有的人說：「愛情是感覺。」是的，一開始當然是感覺，後來呢？沒有兩個人可以依靠感覺過尋常日子、依靠感覺天長地久。

我們在人生不同階段所追求和相信的愛情也會不一樣，直到不年輕了，我們才看出了愛情的無常，幸好，這時我們多半已經夠老去接受聚散離合。

什麼是愛情？我無法回答你，我只能夠告訴你我覺得裡面有些什麼：有些牽掛，有些牽絆，有些甜，有些苦，有些期待，有些失望，有些激情，有些痴心，有些盼望，有些淚水，有些依靠，有些寂寞，有些理解，有些縱容，有些怨恨，有些歉意，有些孤獨，有很多快樂和很多的不捨。

有一天，你會發現，愛情一直在變，你和我也一直在變。兩個人怎麼可能不變呢？年紀和際遇會改變一個人，既然有那麼多的變數，我無法回答你什麼是愛情，只能夠告訴你，一路走來，對於愛情，我的改變是這樣的：昨天，你是我的，我也是你的；今天，你不是我的，我也不是你的，我們各自擁有獨立的靈魂，我們都是自由的，但我希望你有我的日子比沒有我的日子過得好；明天，你是我們的，我也是我們的，你再也別想擺脫我了，我們要相依到老。

可是，你知道嗎？這裡的昨天和今天之間相隔了多少年？也許是十年，甚至二十年。今天和明天之間又相隔了多少年？我在時光中長大和老去，終於懂了一點點愛情：愛情是百轉千迴的領悟，是驀然回首的一往深情。長路漫漫，此生的歸途上，我已一身紅塵，但紅塵裡有過你。

可以不愛，但要善良

曲終人散，
你終究感謝那個離開了的人成就了你。

無論你是在戀愛中、失戀中，還是正在等待愛情，毛姆的《人性枷鎖》絕對是一部愛情指南。這部長篇小說至少教會我們三件事情：

第一件事情：愛是無法假裝的

菲利普在茶館邂逅女招待米爾德里德，一開始，菲利普並不喜歡她，覺得她既不漂亮又膚淺，而且常常在他面前擺出一副高傲的姿態。可是，愛情就是這麼喜歡作弄人，所有菲利普討厭米爾德里德的理由後來都成了他愛上米爾德里德的理由。因為米爾德里德不搭理他，跟其他客人搭訕而對他冷淡，他竟不由自主地想得到米爾德里德。菲利普對米爾德里德很好，米爾德里德一度想要愛上這個男人，可是，她辦不到。明明知道假使能夠愛上菲利普，她可以過上較好的生活，但她就是做不到。菲利普越是愛她，她越是受不了他。

愛也是無法假裝的。一生中，我們也許會遇到那麼一個好人，他一切條件都很好，對你也好，你知道和他一起可能會幸福，可你就是無法假裝愛上他。即便能夠騙過他，你終究騙不過自己。你是寧可今後孤單一人，也不要假裝愛上那個你明知道今生也不會愛上的人。

第二件事情：別為不愛你的人苦苦逗留

由始至終，菲利普愛著米爾德里德全因為米爾德里德不愛他。當米爾德里德對他說：「我不喜歡你，從來就沒有喜歡過你，永遠也不會喜歡你。」菲利普只說：「你不喜歡我，我並不在乎，我只要你讓我喜歡你。」

米爾德里德後來跟一個德國人跑了，那個男人很快就拋棄了她，她大著肚子回來找菲利普，菲利普一直照顧她，直到她把孩子生下來。可是，孩子生下來之後，她竟搭上了菲利普的好朋友格里菲思。就像那個德國人一樣，格里菲思沒多久也甩了她。

到這一刻，菲利普依然愛著米爾德里德，他的愛卑微至極，像條狗一樣，卻又無法自拔。親人不愛你，你心裡會有怨恨，但是，某一天，你遇到一個人，你為他著迷，你愛他，但他不愛你，你毫無怨恨，反而加倍地愛他，這是多麼奇怪和違反常理的事？

那個把你的一片痴心視作糞土的人，等你有一天清醒過來，也許會想狠狠地給他兩個巴掌；但你錯了，你應該給自己兩個巴掌，一切的苦，不都是你自找的嗎？為那個不愛你的人苦苦勾留，你浪費的不是時間，而是生命。

第三件事情：可以不愛，但要善良

幾年後的一天，菲利普在街上碰到米爾德里德，這時的米爾德里德已經淪為妓女，菲利普收留她母女倆住在自己家裡，但他已經不愛米爾德里德了，他只是為她難過，不忍心看著她墮落，也不忍心看到孩子受苦。

撫心自問，我們可以這樣對一個曾經狠狠地踐踏我的愛和尊嚴、一再背叛我的戀人嗎？菲利普是個善良的人，這份善良是米爾德里德無法理解的，這也不能怪她，她遇到的男人都只想要她的肉體，也都是始亂終棄的。

分手後的恨不都是自我折磨嗎？菲利普恨過米爾德里德，但是，當他不再恨她，反而解脫了。他對米爾德里德的愛情從來就是一場迷糊的單戀，分手後的善良，倒是讓他在人生中自我完成，看清了愛恨，也擺脫了情愛的枷鎖。

曲終人散，你終究感謝那個離開了的人成就了你，雖然他並不是有意這麼做。

寫在後來

人可以不要愛，但請不要放棄你的善良。

曾經為了愛一個人而卑微到認不出自己，後來的一天，所有卑微都成了有血有淚的笑話，你也曾是那個說笑話的諧星。

卑微的愛什麼時候才會有盡頭？就是當你用善良和風度去回報那個人的時候。

梁朝偉的鋼琴和其他人的鋼琴

沒有一個你願意為他慷慨的人，
那麼，擁有再多的錢又有什麼意義？

梁朝偉為了《風再起時》裡一段彈琴的戲每天苦練八小時的鋼琴，比演戲更辛苦。電影拍完了，他覺得自己好像也愛上了彈琴，索性買一臺鋼琴放在家裡，想著以後可以繼續彈琴。

這就是賺錢的意義吧？

許多年前，我認識一個女孩，她從小就很想學鋼琴，只是家裡的環境不容許。那年頭，學琴是很奢侈的事，只有家裡有錢的小孩才可以去學琴。二十四歲那年，她離家生活，在唱片公司打工的她，收入微薄，住的是租來的一間小公寓，公寓只放得下一張單人床、一張小沙發和一張書桌，那張書桌也是她的飯桌。這麼小的一個地方，根本放不下一臺鋼琴，但是，當她存到錢，她分期付款買了一臺鋼琴給自己。鋼琴放在哪裡呢？她把床扔掉，每晚睡在鋼琴旁邊的地板上。雖然每晚睡在地板上，但她很幸福。

另一個窮女孩，她從來沒學過鋼琴，但她常常想要一臺鋼琴。每次談戀愛，她也會試探對方對她好不好，怎樣去試探呢？她告訴男朋友，她想要一臺鋼琴。每一個男朋友都用不同的理由拒絕她。有的說她根本不會彈琴，買鋼琴幹嘛呢？有的說她家裡根本放不下一臺鋼琴，有的信誓旦旦，說等她學會彈琴就送她一臺最好的鋼琴。男人在她身邊來來去去，她始終沒有得到鋼琴。最後，她嫁給了那個賺錢不多、但是在她生日時掏空積蓄送她一臺鋼琴的那個男人。兩個人婚後住的房子很小，那臺鋼琴只能放在客廳中間，但她覺得很滿足。

毫無音樂細胞的我也有過一個琴，不是一臺，因為我那個是小孩子玩的電子琴。爸爸那時剛剛丟了工作，但是，知道我想要那個比別的玩具貴很多的玩具琴，手頭拮据的他還是帶著我去買琴。那個玩具琴是在永安公司買的，他牽著七歲的我的小手走進百貨公司的大門，爬樓梯到二樓的玩具部去買琴的那一幕永永遠遠刻在我的回憶裡，那是虛榮又任性的我和我任性的爸爸。

賺錢的意義是什麼？是可以任性。

梁朝偉說，當家裡有一臺鋼琴，他才發現自己不是為了拍戲就不會練琴，禁不住取笑自己的懶惰。爸爸那時買給我的玩具琴後來也被我玩膩了，當時的我只是想要擁有別的小孩也擁有的東西，我根本不愛彈琴。

賺錢是為了花錢，花錢去圓夢，去過更好的生活，去和所愛的人分享你擁有的一切。假如你是個孤獨的國王或是富翁，不可以任性，也沒有一個你願意為他慷慨的人，那麼，擁有再多的錢又有什麼意義？

我尊敬節儉的人，但我不喜歡吝嗇的人，節儉是美德，吝嗇則不是。我多希望我是個節儉的人，可我不是。我欣賞那個把床換成鋼琴的女孩，她願意為自己的夢想捨棄其他東西。我不知道她那臺鋼琴後來怎樣了，當她擁有了，是不是不再稀罕？這些都不重要，追求和擁有的時候，她是快樂的；當她睡在地板上，她是幸福的。等她老了，第一次擁有一臺鋼琴的那一刻永遠在回憶裡鮮活，這已經足夠。

我憐惜那個跟每一個男朋友要一臺鋼琴的女孩。她從來沒有想過自己努力存錢去買一臺鋼琴，當她終於擁有了，她也沒想過去上鋼琴課。

很久以前有一本書，書名叫《女人要有錢》，我沒讀過這本書，只是覺得奇怪，為什麼只有女人要有錢？男人和女人不是都該有錢嗎？賺到錢，你可以養活自己、養活家人、養活你愛的人，你也可以任性。任性不一定是亂花錢，不一定是現在馬上買一張機票去巴黎餵鴿子、去希臘的海邊看一輪落日、去威尼斯的嘆息橋走一圈，然後站在橋上嘆息一聲，心中疑惑：「這就是嘆息橋嗎？怎麼這麼短呀？」

有錢沒錢都可以任性。當你年輕，沒錢的任性是浪漫的；一天，當你老了，有一點錢的任性是人生最後一抹黃昏裡的微笑。

寫在後來

為了夢想和熱愛的東西，你做過哪些瘋狂的事情？

可以任性、可以慷慨、可以捨棄、可以說不，對我來說，這也是賺錢的意義。

不愛，才不會失望

我依然會有期待，
但我知道，當期待落空，我也能夠微笑說我不在乎。

所謂失望，並不是有一天你讓他去買蘋果給你吃，他卻買了自己喜歡吃的李子，而是有一天他負責去買菜，買的都是自己喜歡吃的，或者某個夜晚兩個人在外面吃飯，明知道你喜歡和想吃什麼，他只點了自己愛吃的菜；但你不一樣，每一次由你點菜，你都會點他愛吃的。他沒想到你，這才是你失望的理由。

真的是沒有期望就沒有失望嗎？可是，明明已經沒有期望，卻還是會禁不住失望，然後偷偷躲起來哭。明知道你想要和需要的，他也是拿得出手的，但他不願意給你，甚至假裝不知道。

有時候，他把你當成一個沒有任何感受的人，他沒有為你想，他以為你是鐵打的，以為你不會痛，也不會難過和傷心。

一個女人剛生完孩子那會兒住在娘家，一天夜晚，她回家拿點東西，進屋之後打開睡房的門，看到丈夫和另一個女人赤條條地躺在床上，她竟然可以冷靜地關上房門出去。丈夫灰頭土臉從房裡走出來的時候，她看到那個女人的衣服掛在大門旁邊，她提醒丈夫先把衣服拿給對方，讓她穿上離開。她不是不傷心，也不是失望，而是已經失望太多，這天晚上終於死了心，再也不會失望了。

假使一個男人口裡說愛你，一邊答應你會離開另一個女人，一邊卻和這個女人生孩子，你能不失望嗎？愛是什麼，我們根本無法保證不會傷害那個愛我的人，我們常常一邊說愛一邊去傷害自己愛的人。

每一次，當你想要對他好一些，他總是做一些事情把你推開，這樣能不失望嗎？

他不會像你愛他那樣愛你，也許永遠不會，你能不失望嗎？可你選擇留下。那麼，下一次失望的時候，別埋怨別人就是。

失望是什麼？就在那一刻，天地蒼茫，你低頭無語，累得再也不想說什麼了。

有沒有一種可能，我們終歸會遇到一個不會讓我失望的人？你心裡知道這是不可能的，失望終究是你自己的情緒。情路上，就是一次又一次的破碎與完整，一次又一次的失望與原諒。當你不愛了，才不會失望。

人生最荒涼的失望，是我對自己的失望，因為，這一切的失望都是我容許的。

寫在後來

「算了，他就是這樣，我又不是不知道的。」每一次在心裡跟自己說這句話的時候，包含了多少理解？卻也包含了多少心碎和失望？

最深的愛、最痛的恨、最甜蜜的希望、最蒼涼的失望，從來不是對別人，而是自己對自己的。我們與之周旋一生的，原來是自己。

嘴上說：「沒期望就沒失望。」可是，依然愛著一個人的時候，還是會對他有期望的，只是學著把期望降低一些，再低一些，低到沒期望了，到了這一天，就可以告訴自己：「期望這事有多傻啊，以後不要依賴任何人，自己好好生活就是。」

如果離不開，那就不要失望，因為失望也是傻的。今後，得學會對自己說：「為什麼要失望呢？失望太傻了，他根本不知道我失望。」失望是多麼脆弱的一份感情，是多麼感傷的自憐。如果你永遠不知道，但願我再也不要失望。我依然會有期待，但我知道，當期待落空，我也能夠微笑說我不在乎。

慢慢就明白，人生總難免會有挫敗、失望和失意，沒什麼的，跨過去就好，活著從來不易。

人生最孤獨的守候

所有的守候和陪伴也會有終結，所有的深情終有盡頭，你愛和愛你的那個人，也許有一天再也認不出你來。

闊別多時，你們好嗎？這三年，是時光飛快還是時間好像停頓了？二〇二〇年一月五日，我剛到北京，準備兩天後為《早晚讀書》錄影一個書評節目。當天晚上和幾個朋友一起吃飯，窗外突然下起了細雪，朋友興奮地告訴我，這是北京今年的第一場雪，我們連忙走到外面去看雪。白雪茫茫，我想起了刀郎的一首老歌〈二〇〇二年的第一場雪〉，住在南方的我，沒看過很多的雪，卻很喜歡這首歌，喜歡那把滄桑的聲音和那孤獨的蒼茫。我沒想到，一別兩年，北京早已下過一場又一場大大小小的雪，我都看不到。一場疫情，許多計畫也得延後，所有曾經期待的相聚都失望了。假如時光倒流，回到二〇二〇年，誰會是你最想見的、最想把他留在身邊的人？

這場疫情什麼時候才會到頭？我一個這麼戀家的人都有點受不了了。這幾天，我一直在想一個問題：什麼是人生最孤獨的守候？

守著燈塔的那個人孤獨嗎？假使他心中有牽掛的人，或者遠方有人牽掛著他，那麼，他並不孤獨。小王子孤獨嗎？可他有玫瑰啊。故事裡那個每晚負責點亮街燈的人、那個忙著數星星的國王和那隻想跟小王子做朋友的狐狸看起來好像更孤獨一些。

不光是人，郵局也是會孤獨的。在總面積四．三萬平方公里的內蒙古騰格里沙漠上，有一座只有十五平方公尺的小郵局，這座郵局已經荒廢了三十五年，有人說它是世上最孤獨的郵局。一群志願者近年重啟了這座小郵局，開始了線上代寫代寄服務，沒想到，竟然有許多客人下單，希望收到一封從沙漠郵局寄來給自己的明信片或者書信。從去年到今年，郵局已經寄出了幾萬封蓋上沙漠郵戳的信件和明信片。其中一位志願者說，雖然寄出了幾萬封信，但在這裡工作也很孤獨。是在這裡工作的人孤獨還是寄信給自己的人更孤獨？什麼人會寫信給自己？等候一封給自己的信，那是多麼孤獨的一份心情。

人生最孤獨的守候是等一個等不到的人？等一個回不來的人？是守候著一個不會實現的願望？守候著無望的生活？是愛一個不愛自己的人？是求而不得？是突然明白了這輩子只能守候著自己？

男人即便擁有事業、財富、愛情和家庭，也還是會常常覺得孤獨，他們是生而孤獨的動物。女人好像只要擁有愛就不那麼孤獨了。孤獨是自由的，甚至可以是華麗的，帶著守候的孤獨卻是不自由的。你希望可以守候著一個人，也有一個人守候著你，直到永遠；可是，所有的守候和陪伴都會有終結，所有的深情終有盡頭，也會變老，你愛和愛你的那個人，也許有一天再也認不出你來。人生最孤獨的守候，是對無常的守候，知道它會來臨，知道它就在你身邊，在你眼前，在你指縫之間，然而，當它來的時候，你用雙手和雙腳也攔不住它；除了珍惜和守候，你什麼也做不了。

中年以後

中年以後，別只懂愛自己，也要學著去愛別人，畢竟，能陪你走到最後的人不多。

剛過了四十歲的朋友沮喪地告訴我，就在前兩天，她在頭頂發現了一根白髮。我安慰她說：「我啊，我十六歲就已經有白頭髮了。」可是，我的安慰完全沒有作用，她說：「你十六歲有白頭髮，那是遺傳，我現在有白頭髮是老了。」

你十六歲的時候覺得四十歲很老，可是，當你四十歲，天並沒有塌下來，你也沒覺得四十歲很老。能活到這個年紀有什麼不好？就算不好，你也不可能回到十六歲。

人生是一份套餐，這份套餐放在你面前，你不可能只要最好的那部分，拿走沒那麼好的那部分，你也不能夠只要甜的那些，苦的不要。

我一直不喜歡「美魔女」這個形容詞，所謂「美魔女」不都是修圖和濾鏡的效果嗎？說的全是一群拚了命性感、不認老的中年女子，一旦拿走濾鏡，便只剩下「魔女」兩個字。每個人的基因和生活都不一樣，有的人老得快一些，有的人老得慢一些，無所謂什麼年紀該做什麼事或者該穿什麼衣服，最重要的是品味。

假如歲月教會我們一些重要的事情，我希望其中一樣是品味。品味和知識是別人無法奪走的，是你送自己最寶貴的禮物。時光給了你一頭白髮，卻也讓你看到你真正需要的是什麼、真正適合你的又是什麼。

中年以後，化最淡的妝，穿最舒服的衣服和鞋子，拿最輕的包包，吃不加糖的黑巧克力，喝溫水，每天吃三十顆枸杞子。義式冰淇淋還是可以偶然吃一杯的，否則人生有什麼樂趣？不節食，好好控制體重，不胖不瘦，什麼都吃，不過，炸的東西還是應該盡量少吃，它只會加重你的腸胃負擔，這就等於加速衰老。

中年以後，酒是可以喝的，別喝太多就是，年紀都不小了，酒要喝好的。心情好的時候固然要喝好酒，心情不好應該喝更好的，人生本來已經夠苦，何苦刻薄自己？

中年以後，多鍛鍊身體，別彎腰駝背，指甲乾淨整齊，不必追求昂貴的抗衰老保養品，其實分別真的不大。每年做體檢，做你應該做的婦科檢查，別再犯拖延症，拖著不去做檢查，生病的時候才去找醫生，說不定已經錯過了最好的治療時間。

中年以後，從前沒讀過的經典現在該讀讀了，也可以重讀以前很喜歡的經典，經典永遠不老。這時候，不妨多讀宗教哲學的書，讀累了，翻翻一部小說也是不錯的。

中年以後，不勉強自己，不委屈，不應酬，不虛偽，只跟喜歡的人見面，只跟聊得來的朋友吃飯，很久沒見的老朋友也該聯繫一下。

中年以後，不輕易生氣，不容易哭，不跟人爭，眼裡有光，善待他人，珍惜身邊人。

人不是孤島，中年以後，別只懂愛自己，也要學著去愛別人，畢竟，能陪你走到最後的人不多。

今天開始，願你好好品味中年。

帶著鬆弛感過日子

為了擁有滿滿的鬆弛感，
我會努力成為一頭最勤奮和動作最快的樹懶。

當年辦雜誌的時候，市場部一個女孩子給我的印象特別深刻，她說話慢、動作慢，做事也慢，一份企劃書兩個月還沒做好，我催她的時候，她慢悠悠地告訴我，她是很有計畫的，她著眼的是公司的將來，不是目前。我回家反省了一遍，是我這人急性子所以總覺得別人很慢，還是她真的很慢？結果，我可以無愧地對自己說：「她是我這輩子見過最慢的人。」她一回眸，大概要五百年。

時間會改變許多事情，假如我是今天遇到她，那麼，錯的是我而不是她，她這不叫慢，叫鬆弛，她是一個帶著滿滿的鬆弛感的女孩子，而我是個綳緊的、常常給人壓力的人。

雜誌社前一任的總編輯和市場部這位「一回眸要五百年」的女孩子剛好相反，她工作勤奮、說話快、做事快，每期趕稿的時候，可以兩天不睡覺。我常常取笑她，說假如生活在法國，法國人肯定認為她是個怪人。

法國人絕對是鬆弛感的鼻祖。我頭一次去巴黎，帶的錢不夠，只好去銀行提錢，排在我前面的有十幾個當地人，卻只有一個女的櫃檯職員在工作，這時，另一個職員走過來找她聊天，她馬上擱下工作跟那人聊起來，兩個人站在那裡興高采烈聊了差不多半小時，我前面的人竟然不吭聲，乖乖地等，他們顯然也認為聊天是頭等大事。後來，當我讀到彼得．梅爾的《山居歲月》，更知道我沒錯，在法國，什麼都急不來；你急，你自己來。

義大利也是鬆弛感的積極實踐者。在義大利的小城某處、陽光明媚的一天，你離開旅舍出去吃飯，在路口看到兩個義大利女人在聊天，她們是朋友，一個提著菜籃剛買完乳酪和麵粉回來，另一個拿著網兜剛買完水果和魚經過，難得碰到，兩個人聊得不亦樂乎。當你吃完飯、逛完街回來，你會發現她們還在那裡聊天，絲毫沒有回家做飯的意思。幸好其中一個女人買的魚不是活魚，否則早已變成死魚了。義大利人就是這麼鬆弛，這麼會生活。

我們現在說的鬆弛感，別人早就會了。

很久以前讀過一位著名法國時裝設計師的專訪，記者問她最喜歡男人怎麼穿，她說：「我喜歡穿得像沒落貴族的男人。」什麼才是穿得像沒落貴族？是窮得只剩下品味？是像電影《Gucci：豪門謀殺案》裡那個不受寵愛的、害爸爸去坐牢的魯道夫．古馳嗎？抑或，用現在流行的話來說，身上的打扮明明很講究卻又有一種鬆弛感，那是老錢，是祖上幾輩培養出來的品味。

每隔一段時間，總會有一個新詞冒出來，之前是佛系，現在是鬆弛感。女人不都害怕鬆弛嗎？除了鬆弛神經，其他好像都不太好。哪個女人會希望皮膚鬆弛？我的一個朋友臉上的皮膚天生比較鬆弛、常常被男朋友取笑她像一隻可愛的老虎狗，她因此想過要去拉臉皮。突然之間，鬆弛感卻成了好東西，跟擁有鬆弛感的人一起，既舒服又沒有壓力。

佛系跟鬆弛感有什麼不同？佛系是什麼都無所謂，鬆弛感並不是。那是什麼？不是什麼都無所謂，而是不要那麼繃緊，也不要那麼認真，那為什麼不直接說從容或是瀟灑？我終究是不明白的，但是沒關係，為了擁有滿滿的鬆弛感，我會努力成為一頭最勤奮和動作最快的樹懶。

每一天的遺願清單

有沒有一個人，你辜負過他，甚至欺負過他，
趁著還有機會，那就去償還吧。

黃霑離開很多年了，他生前跟我說過的三句話我印象特別深刻。他說：「那些罵你的人，你用不著理會他們，你在街上不小心踩到一坨大便，你也不會罵那坨大便吧？」其實我根本不認識那些罵我的人，我也不會回罵他們，但那時畢竟年輕，那些惡毒的妒忌和人身攻擊讓我心裡覺得委屈，現在完全不會了。怎麼可能完全沒有人罵你？愛我的人更多就是。

黃霑說的第二句話是：「找我吃飯不用提早跟我約定，想起就可以一起吃飯啊。」後來，我真的有一次臨時約他吃飯。那天，我們四個人點了一條蒸魚，他想起我寫過一本散文集《幸福魚面頰》，於是很貼心地把一邊魚面頰先夾給我

吃，另外一邊魚面頰，我忘了他是夾給太太還是女兒。

黃霑說的第三句話是：「朋友要無事常相聚。」那年，他開演唱會，送我兩張門票，我因為擔心現場太多記者而沒去，把票送給了朋友。第二天，他打電話來問我覺得昨晚的演唱會好不好看，我真的是又尷尬又慚愧。他大概知道我沒去看，後來送了我一張演唱會的碟片，在封套上面畫了一個很可愛的自畫像。我從來沒想過他沒過幾年就走了，我們相聚的時光太短。

我和倪匡先生不熟，只在十多年前吃過飯，是出版社請客。那天晚上，倪先生和倪太太一起來，還有其他幾位作家，一桌子很熱鬧，都是仰慕倪先生的。倪先生跟我一樣喜歡吃魚，也跟我一樣喜歡吃魚頭，那天晚上的魚頭和魚頭上的兩塊魚面頰，自然是讓給前輩。吃飯時，倪先生興奮地告訴我們他前幾天和蔡瀾在流浮山一間酒家吃到野生的黃鰭鯛，那是很稀有的，可好吃了。我坐在他身邊，他很得意地笑著問我：「你猜我一共吃了幾條黃鰭鯛？」我說：「十一條。」他真的是大吃一驚，問我：「你是怎麼知道的？哦，是不是蔡瀾告訴你？」蔡瀾沒告訴我，我就是覺得是十一條，那只能說是作家的直覺。

我認識蔡瀾是我做編劇的時候。我第一本散文集《貼身感覺》是他幫我寫的序。那時，他正在墨西哥拍電影，我打長途電話給他，問他可不可以幫我寫序，他一口答應，還叮囑我說長途電話費很貴，不要說太久，我們回來再說。我第二本小說《賣海豚的女孩》是他幫我審稿。我轉到另一家出版社，出版社為我做一批專用的稿紙，稿紙上「小嫻之箋」四個字是他題的。他從來沒有拒絕過我任何要求，還常常請我吃飯。

我何其幸運，遇到很好的前輩，還有很好的朋友，愛我的人終究比恨我的多。可惜，我從來不是個主動的人，我臉皮太薄又拘謹。三年疫情，我突然發現我應該改變一下，否則我會錯過許多美好的人和事。我已經錯過兩次。

我高中的英文老師身體有些缺陷，她是個很好的人，對我很好。畢業後，我每年給她寄聖誕卡，從未間斷，到了第十二年，我收到報館轉來一封她寫給我的信。她說，一開始並沒想過我會每年給她寄聖誕卡，過了幾年，每年聖誕節前，她開始期待我的聖誕卡。可惜，她後來離開了學校，我不知道她去了哪裡，沒法再給她寄聖誕卡。從那以後，每當我在街上看到一個有著類似她的身體缺陷的女子經過，我總是多看一眼，看看會不會是她。一天傍晚，我在公園裡看到一個有點像她的女子，但我不確定，也沒叫住她。這麼多年，我有時會想，那天晚上，我是不是錯過了她。

我中學時有一個很要好的同學，我們可說是不打不相識。有一次上課，我不知道做錯了什麼，老師要我和另外幾個同學罰抄。下課時，老師再說一遍誰誰誰要罰抄，卻忘了我，我正高興著，我的這位同學竟然舉手提醒老師說要罰抄的還有我，你說我該有多恨她？然而，當我被其他同學欺負，她卻站到我這邊支持我。她是一個正直和善良的女孩子。畢業後，她當上老師，教了很多年書之後輾轉到英國讀設計，成為著名的首飾設計師。她回香港之後，我們見過幾次面，後來不知怎樣失去了聯絡。有一次，我在銅鑼灣好像遇到她，就在我猶疑著繼續往前走的時候，她在我身邊匆匆走過，以後我再沒遇見過她。當時，我是應該停下來的。

最近，我常常想起一些舊朋友，很想再見到他們。我好像在寫一張遺願清單，寫下自己有哪些朋友想再見，然後盡量多見面。有的朋友已經許多年沒見了，有的朋友因為一些誤會而不再來往，那些所謂誤會，若干年後，已經不重要了。無事常相聚，那是多麼美好的事兒。能夠一起走到最後的朋友多麼難得，我們卻在人生的中途丟失了一個又一個原本可以一直到老的朋友。遺願清單並不需要等到大病或是將死的時候才列出來，難道不可以每天都列一張遺願清單嗎？有什麼想做而未做的事、想見而未見的人，現在就去做和去見吧。有沒有一個人，你辜負過他，甚至欺負過他，趁著還有機會，那就去償還吧。生命中曾有多少本來可以相識相聚甚至相愛卻終究擦肩而過的人？我無法保證人生不留遺憾，但我希望有一天我可以對自己說：「我盡力了。」

寫在後來

漸漸老了，學會對朋友大度一點，大度一點，你會收穫更多友情。

無事常相聚，不要等有事才去找朋友。

誰又沒有缺點？歲月漫長，想起的是朋友的好而不是他們的不好。

所有焦慮都是對自己的折磨和懲罰

人留在過去的懊悔中，
只是浪費當下和未來。

十三歲的時候，你渴望快點長大，長大了就可以自己作主，可以做自己喜歡的事，可以吸引那個現在年紀比你大的男人。你十三歲的時候，他根本不會看上你，在他眼裡，你只是個小妹妹，他愛的是那些嫵媚的、會打扮的女人。這算不算是年齡焦慮？應該不算吧。可是，三十六歲的你渴望變回二十三歲，卻是一種年齡焦慮。

醜小鴨直到羽化成天鵝才知道自己是好看的。當牠還是醜小鴨的那些日子，牠是不是也有容貌焦慮？

年齡焦慮、容貌焦慮之外，說不定還有身分焦慮、金錢焦慮、生活焦慮、前途焦慮、工作焦慮……擔心自己的出身比不上別人，擔心沒錢，擔心沒有過上自己想要的生活，擔心將來，擔心沒有找到喜歡的工作或是丟了現在的工作。人生有那麼多的焦慮，哪一天才會結束？

Y本來長得不難看，卻總是沒自信，她喜歡的一個男人喜歡的是另一個女孩子，那個女孩子一點都不好看，卻長得像他的初戀女友。這是男人的死穴，儘管那個像極了他初戀女友的女孩不太搭理他，他還是像小狗愛骨頭那樣，眼裡只有她。他並不拒絕Y，他會跟她約會，只是從來沒有任何承諾。Y因為他愛的是別人而對自己沒信心，每次和這個男人出去，她的包包裡也放著一套化妝品。她擔心自己不夠好看，常常在吃飯吃到一半的時候跑到洗手間把臉上的化妝品卸掉，重新再化一次妝，她以為這樣能夠讓自己好看一點。後來她才明白，那個男人根本看不出來有什麼分別，他愛著另一個女孩，不是因為她比較漂亮，而是她像另一個人，她像那個他少年時代深深愛過卻沒能走到最後的女孩。

所謂容貌焦慮，原來是自己給自己的枷鎖。

當你三十歲或者當你四十歲，你也許有年齡焦慮，然而，當你再老一些，你再也沒有年齡焦慮了。能回去嗎？既然回不去，焦慮有什麼意思？即便可以回去，也不見得是好的。你去一個地方旅行，好玩的話，你會很想再去；可是，這一趟旅行說不上好玩，也不是不好玩，一路上苦樂參半，你會想再去嗎？這就是人生，讓你回到起點再來一次，再一次出生、長大、老去，什麼都再經歷一次，包括所有痛苦和快樂，也包括所有聚散離合，你願意嗎？我可不願意，再來一次多累啊。

你可以一直焦慮，為每件事情焦慮，為那些未發生的事焦慮，在焦慮中錯過當下和浪費時光，你也可以放下焦慮，直面人生。年齡焦慮的意義何在？你焦慮就不會老嗎？你焦慮就能夠老得慢一點嗎？那些老得慢一點的人都是懂得愛自己的，而不是因為焦慮。

容貌焦慮的意義又何在？你就是長這個樣子，可以變美，也可以變醜，得看你怎樣過日子。那些因為丈夫變心而去整容的女人能夠把丈夫的心留住嗎？那些為了報復男朋友變心而去隆胸的女人是不是後來遇到更好的？答案你是知道的。別讓容貌焦慮摧毀你的人生。

身分焦慮、金錢焦慮、生活焦慮、前途焦慮、工作焦慮……這些都有意義嗎？人留在過去的懊悔中，只是浪費當下和未來，假若一個人成天活在焦慮之中，那他和那些留在懊悔中的人有什麼分別？

你明明可以活得自在些，卻常常自困愁城，所有焦慮都是對自己的折磨和懲罰。

是誰謀殺了愛情？是你還是婚姻？

有時候，不是婚姻謀殺了愛情，
而是我們謀殺了愛情。

當你走進婚姻，愛情是不是就出走了？婚後是不是再也沒有愛情？

當初明明是嫁給愛情，若干年後，卻沮喪地發現愛情消失了，兩個人之間再也沒有從前的那種愛情，漸漸變成家人和親人，變成孩子的爸爸和媽媽。

婚後的愛情和婚前的愛情理所當然是不一樣的，即使不結婚，同樣的兩個人，十年前後的愛情也會不一樣。十年前，你和他在街上邊走邊玩，你撒一下嬌，他會蹲下來讓你爬到他的背上，背著你邊笑邊跑；十年後，他邊走邊玩，你會要他別玩，你撒嬌要他背你，他會說你太重了，他這時已經不愛你了嗎？卻也不是。

當初你為之結婚的愛情竟然在你毫無防備之下悄悄溜走，怎不教人難過呢？愛情的本質是什麼？愛情最美的時刻是初遇、是患得患失的心情、是害怕失去和行將失去。離別、妒忌、失去和得不到從來都是最好的催情藥，可是，有多少人能夠也願意一直玩這個遊戲？

愛情的本質是不世俗的、不現實的，世俗和現實終究會削弱愛情。可是，人能終生不世俗、不現實嗎？

我認識一個女子，她當時已經快六十歲了，說得一口流利的法語、義大利語和西班牙語，一直單身，每段戀愛都轟轟烈烈。她的工作常常要到處跑，我不知道是愛情也跟著她到處跑還是她跟著愛情到處跑，她所有男朋友都是外國人，每一次戀愛，她就留在對方所在的那個城市，直到分手才離開。你明白她為什麼始終沒結婚嗎？她這人太浪漫了。她是那種至死也在戀愛的女人，如同她半生都在不同的國家和城市飄泊。為什麼每次愛的都是外國人？無可否認，外國人無論婚前婚後都比較浪漫。我不知多少次碰見外國男人買性感內衣送給太太做情人節禮物，他們不覺得走進內衣店會尷尬，而我們家的男人情人節送什麼呢？送包包、送首飾，我甚至見過送鐵鍋的。

我認識一位義大利人，是餐廳經理，人長得很帥，和漂亮的哥倫比亞太太有兩個可愛的孩子，他們在邁阿密邂逅，她跟著他到處跑，最後來到香港定居。剛剛過去的情人節，他送給太太的是某品牌的香薰蠟燭和一部旅遊書。某品牌的香薰蠟燭是太太鍾愛的，每一年的情人節，他會送她不同的香味；而旅遊書是某出版社整個系列的其中一部，每一部關於一個城市，這系列的書每一部都很精美，她要求他每年情人節送一部給她，她想要集齊所有城市。我覺得這兩個人太甜蜜了，他們好像天生擁有浪漫的基因，一直都在戀愛，不會因為有了孩子就變得平淡。

婚後不見得一定沒有愛情，而是看你肯付出多少。翻江倒海的愛情，一生可以談多少回？假如你認定婚後的愛情也要翻江倒海，你是注定會失望的。愛情是不世俗，也不現實的，婚姻卻是既世俗也現實的，餘生不論長短，從愛情到家庭，從兩口子到一家子，或是從小兩口到老兩口，沒有愛而只有責任，那是無法幸福地走下去的。

有時候，不是婚姻謀殺了愛情，而是我們謀殺了愛情。懶惰、倦怠、忙碌、習以為常、把所有事情當作理所當然、常常想要改變對方……是這一切埋葬了愛情。

致永遠的少年

我希望我一直是個少年，
是個慷慨又愛笑的大男孩，是個對世界始終好奇的大男孩。

最近做的一個訪問，主持人問我：「很多讀者說你身上有一種少女感，你自己怎麼看？」聽到這個問題，我當下有點尷尬，我都一把年紀了，哪來的少女感？何況，我從來不覺得我內心有一個少女。我並不是不喜歡少女感，少女感不是什麼不好的東西，好幾個高端的時尚品牌一直販賣的就是少女感，譬如Miu Miu和Marni，他們家的衣服，無論誰穿在身上總會顯年輕，尤其是後者，我也曾擁有很多Marni，這個品牌當年炙手可熱，她的綠色是我見過最漂亮的綠色，但那時候我比現在年輕啊。

我的少女時代一點都不像少女，同學喜歡的音樂和喜歡的年輕偶像我都不喜歡，她們很迷的小說我也不喜歡。我比較喜歡的演員是一個中年大叔，許多年後，當我長大，我喜歡的男人竟然也都是他這個類型的。

當身邊的同學平日都穿運動鞋的時候，我愛穿的是涼鞋；夏天穿涼鞋不是更舒服嗎？她們喜歡的樂隊我覺得很吵，而且每個成員給我的感覺都很油膩。我喜歡聽的是臺灣的抒情歌，喜歡那種滄桑的感覺。我愛的是靡靡之音。

少女時代的我常常被老師說我早熟，我的班主任認為我是個多愁善感的孩子，她很擔心我。那時我們每週要寫一篇週記，她每次都給我寫很多評語，比方我寫了三頁的週記，她竟然留給我整整半頁的評語。後來她告訴我，她很喜歡讀我的週記，我寫的週記是最好看的，是她每個星期都期待的。她說我是個奇怪的孩子，老師們都覺得我很頑皮、玩得很瘋又喜歡運動，我喜歡賽跑、喜歡游泳、喜歡打球，然而，我的另一面卻很安靜和孤單。她是基督徒，為了讓她高興，我一度成為基督徒。

後來我在電視臺上班，和我感情要好的上司有一天突然對我說：「你思想太成熟了。」他的意思應該是我太老成了，不像一個二十歲出頭的人。也許他沒看出來我心裡其實一直住著一個孩子，一個不想進入成人世界的孩子。因為不想進入成人世界，才會有那麼多的奇思妙想，也才會寫劇本，把現實中的不可能統統寫進劇本裡。戲如人生，亦真亦假，如夢似幻。

這樣的我，而今竟然有人說在我身上看到一種少女感，人生難道是百轉千迴又回到原點嗎？我常常說，我心裡住著一個男人、一個女人、一個老人和一個小孩，這麼多年過去，那個小孩一直沒長大，那個老人沒有變得更老，那個男人依然是個多情的男人，那個女人有時活得太通透了。

比起少女感，我更喜歡少年感，就像我喜歡楊照談村上春樹的書《永遠的少年》。我希望我一直是個少年，是個頑皮卻也仗義的、會保護身邊的女孩子的大男孩，是個爽快的、不忸怩的大男孩，是個慷慨又愛笑的大男孩，是個對世界始終好奇的大男孩。

國家圖書館出版品預行編目資料

寧可一個人，也不將就 / 張小嫻 著. -- 初版. -- 臺北市：皇冠文化出版有限公司，2024.01
240面；21×14.8公分. --（皇冠叢書；第5131種）
（張小嫻愛情王國；18）
ISBN 978-957-33-4096-6（平裝）

855　　　112020697

皇冠叢書第5131種
張小嫻愛情王國 18

寧可一個人，也不將就

作　　者—張小嫻
發 行 人—平　雲
出版發行—皇冠文化出版有限公司
台北市敦化北路120巷50號
電話◎02-27168888
郵撥帳號◎15261516號
皇冠出版社(香港)有限公司
香港銅鑼灣道180號百樂商業中心
19字樓1903室
電話◎2529-1778　傳真◎2527-0904
總 編 輯—許婷婷
責任編輯—蔡承歡
美術設計—嚴昱琳
行銷企劃—鄭雅方
初版一刷日期—2024年1月
初版二刷日期—2024年2月
法律顧問—王惠光律師

讀者服務傳真專線◎02-27150507
電腦編號◎537018
ISBN◎978-957-33-4096-6
Printed in Taiwan
本書定價◎新台幣380元/港幣127元